너를 읽는 순간

너를 읽는 순간

진희 지음

푸른책들

| 차례 |

제목은 선물

0

사촌이라고 했다.

나랑 동갑인 그 애, 영서.

정확히는 외사촌.

그러니까 엄마한테 우리가 모르는 남동생이 있었다는 거다. 처음엔 신기했다. 나한테도 외삼촌이 있었다니. 다음엔 이상했다. 열여섯 살이 되도록 감쪽같이 몰랐던 비밀이라니.

엄마는 비밀까진 아니라고 말했다.

"그럼 뭐야?"

"그냥 뭐……."

엄마가 얼버무렸다. 길게 말하고 싶지 않은 것 같았다. 얼굴에 근심이 가득했다. 나한테는 신기하고 이상한 존재인 외삼촌이 엄마한테는 그리 반가운 존재가 아닌가 보았다.

"둘이 심하게 싸웠어? 그래서 여태 절교한 채 지냈던 거야?"

"친구니? 절교하게."

다른 때 같았으면 부드러워졌을 엄마가 피식 웃고는 금세 심각해졌다. 도대체 뭐가 문제냐고 엄마에게 물었다. 한참을 머뭇거리다가 엄마가 입을 뗐다.

"그 앨 우리 집에 데려와야 돼."

"외삼촌?"

엄마가 고개를 젓고는 힘없이 대답했다.

"영서."

1

영서가 우리 집에 온 날은 황금연휴를 앞둔 금요일 밤이었다.

엄마와 미리 의논한 대로 내 방을 영서하고 같이 쓰기로 했다. 언니는 무적의 고3. 게다가 수능이 코앞이었다. 다른 선택지가 있다면 모를까, 어쩔 수 없었다. 영서도 언니보다는 또래인 내가 더 편할 거였다.

나는 영서를 환영한다는 의미로 내 방문을 활짝 열었다. 어젯밤에 엄마가 바지런을 떨며 청소한 보람이 있어 방 안이 모처럼 깔끔했다. 방문 앞에 선 영서한테 엄마가 말했다.

"방이 좀 좁지?"

엄마는 어쩐지 쩔쩔매는 듯 보였다.

"당분간 둘이 같이 지내. 싸우지 말고 사이좋게."

뒤에 덧붙인 말은 나한테로 날아들었음을 엄마 눈빛에서 알 수 있었다. 나는 엄마에게 입을 삐죽여 보였다.

"싸우긴. 내가 엄만 줄 알아?"

눈을 흘기는 엄마를 향해 혀도 날름 내밀었다. 영서는 그대로 서 있었다. 눈을 내리깐 채 메고 있는 가방 끈만 만지작거렸다.

엄마가 눈짓을 했다. 어서 데리고 들어가라는 뜻이었다. 엄마는 절친한 친구처럼 팔짱이라도 끼고 방 안으로 이끌어 주기를 바랐는지 모르지만, 그렇게까지 하기에는 아직 어색했다. 난생처음 보는 사촌 사이이므로 당연했다. 아마 영서도 그럴 테다.

나도 엄마한테 눈짓을 했다. 우리끼리 알아서 할 테니 그만 가보라는 뜻이었다. 선뜻 움직이지 않는 엄마에게 언니 핑계를 댔다.

"언니 데리러 가야지."

"아 참, 그렇지. 시간이 벌써 그렇게 됐네."

엄마가 허둥대며 돌아섰다. 야간 자율 학습이 끝날 때까지 한 시간쯤 여유가 있다는 걸 모르지 않을 텐데도 말이다. 어쨌거나 우리가 서로 편하게 말을 트기엔 엄마가 없는 편이 낫다.

엄마가 현관을 나서는 걸 보고서야 영서한테 말을 건넸다.

"반갑다, 사촌."

비로소 영서와 눈이 마주쳤다. 동그란 얼굴에 단발머리. 크지도 작지도 않은 두 눈엔 쌍꺼풀이 갸름했다. 분위기가 어딘가 엄마랑 비슷한 면이 있었다.

"엄마 닮았네?"

내 말에 영서가 눈을 크게 떴다.

"아니, 우리 엄마. 너한테는 고모겠다."

"고모……."

되새기는 영서 목소리가 차분했다. 지금껏 있는 줄도 몰랐던 고모가 생겼다는 게 영서한테도 낯설 것이다.

"너 그 쌍꺼풀 말이야. 우리 엄마랑 닮았다고. 보다시피 나는 없거든."

"어릴 땐 나도 없었어."

"진짜? 그럼 언제 생겼는데?"

"4학년 때."

"4학년이면 어릴 때지, 뭐. 괜히 희망 가졌네."

"네 눈이 더 예뻐."

"진짜?"

반짝 좋아하는 나를 보며 영서가 가만히 웃었다. 사실은 영서가 더 예뻤다. 많이는 아니고 손톱만큼?

"고마워. 그런데 언제까지 거기 서 있을 거야?"

그제야 영서가 내 방으로 발을 들여 놓았다. 그러고도 영서는 방문 곁을 떠나지 못했다. 두 손은 아직도 가방 끈에 매달려 있었다. 의지할 데라곤 오로지 그것밖에 없다는 듯이. 낯선 곳에 혼자 달랑 떨어진 영서 마음이 느껴졌다.

나는 영서한테 손을 건넸다.

"우리 정식으로 인사하자. 나는 연아야. 이연아. 방이 좁아서 불편하겠지만, 그래도 잘 지내보자."

망설이듯 내 손을 살짝 잡았다 놓으며 영서가 말했다.

"미안해."

'뭐가 미안해?'라고 대꾸하려다 말았다. 이런 상황에서라면 나라도 그 말부터 꺼냈을 테니까.

"첫 인사가 뭐 그래? 이름부터 말해 줘야지."

"내 이름 알잖아."

"들어서 아는 거랑 네가 직접 말해 주는 거랑은 다르잖아."

"나는 영서야. 주영서."

엄마랑 같은 성. 외사촌이라는 게 실감이 났다. 엄마가 다 말해 주지 않은 것들을 묻고 싶어 입이 간질거렸다. 하지만 참았다. 아무리 사촌이라고는 해도 만난 지 겨우 몇 분밖에 안 지났으니까. 그리고 지금 영서는 편히 앉지도 못하고 서 있으니까.

"우리 그냥 친구 할래?"

"친구?"

되물으며 영서 눈이 또 동그래졌다.

"나이도 같잖아, 우리. 그러니까 사촌이니 뭐니 그런 거 다 떠나서, 그냥 서로 이름 부르면서 친구처럼 지내자고. 편하게."

영서는 이내 대답하지 않았다. 생각에 잠긴 듯도 같고 할 말을 고르는 것도 같은 얼굴이었다.

"싫어? 혹시 몇 월생인지 막 따지고 싶은 건 아니겠지?"

만약 영서가 정말 따지고 든다면 내가 전적으로 불리하다. 난 12월생이니까. 그래서 미리부터 다짐을 두었다.

"어쨌든 절대로 언니라고는 안 부를 거야."

영서가 웃었다. 조용한 웃음이 애잔했다.

2

아침에 일어나니 영서가 안 보였다. 내 침대 아래에 폈던 이부자리도 가지런히 개어진 채였다. 영서가 메고 온 낡은 가방만 책상 옆에 동그마니 앉아 있었다.

어젯밤에는 영서와 잠시 실랑이를 벌였었다. 잠자리 문제 때문이었다. 나는 둘이서 하루씩 교대로 침대에서 자자고 했다. 그리고 오늘은 영서더러 침대에서 자라고 권했다. 영서가 우리 집에 온 첫날이니까.

하지만 영서는 자기가 바닥에서 자야 한다고 했다. 이 방 주인은 너니까 당연히 그래야 한다는 거였다. 입을 다물고 있으면 말간 호수 같은데 보기보다 고집이 대단했다. 결국 내가 졌다. 져 줘야 영서가 편안해 할 것 같았다.

거실에도 주방에도 욕실에도 영서는 없었다. 현관으로 나가 보니 영서 신발이 안 보였다. 불을 끄고도 한참 동안 뒤척이던 지난밤의 영서를 떠올렸다. 더럭 걱정이 됐다. 나는 다시 주방으로 갔다.

"엄마. 영서는?"

"산책 간다고 나가더라."

"언제?"

"좀 됐어."

압력 밥솥이 치카치카 소리를 내기 시작했다. 가스레인지에선 된장찌개가 끓고 있었다. 아침 식사를 준비 중인 엄마. 시리얼을 넣은 우유 한 컵으로 첫 끼를 때우는 언니. 아침상이 차려질 때까지 단잠을 즐기는 아빠. 여느 날과 다름없는 아침이었다. 영서만 아니면.

"길도 잘 모를 텐데."

내 혼잣말을 언니가 받았다.

"그렇게 걱정되면 나가서 찾아보던가."

"누가 걱정된대? 신경 쓰여서 그렇지."

"그게 그거지."

"그게 그거 아니거든? 전혀 다르거든?"

"쓸데없이 우기기는. 그나저나 걔 참 태평도 하다. 남의 집에 와서 새벽부터 유유자적 산책이라니."

남의 집.

언니 표현이 묘하게 거슬렸다. 처음 만났건 어쨌건 엄연히 사촌인데 싶었다. 한편으론 언니가 무슨 말을 하고 있는지 이해도 됐다. 그래도 은근히 빈정거리는 언니한테 동조하긴 싫었다.

"남의 집은 아니지, 언니."

"남의 집이 아니면? 나 같음 콱 죽어 버렸을 거야."

"연주야."

엄마가 정색하며 목소리를 깔았다. 언니는 대수롭지 않다는 듯 시리얼 먹는 데에만 집중했다.

나라면 어쨌을까? 내가 만일 영서 처지였다면. 오갈 데라곤 난생 처음 만난 고모네 집뿐이고, 친하지도 않은 사촌 방에 얹혀 지내야 한다면. 언니 말처럼 콱 죽어 버리고 싶을 정도는 아니겠지만, 느긋하게 아침 산책에 나설 생각은 안 들었을 것 같다.

"산책이 뭐 어때서."

마음속을 흐르는 생각들이 마땅찮아서 괜히 중얼거렸다. 문득 엄마의 '당분간'이 얼마 만큼인 건지 알고 싶어졌다.

"엄마. 그럼 영서 학교는 어떡해?"

냉장고에서 반찬 통들을 꺼내던 엄마가 멈칫했다.

"우리 학교로 전학 와야겠네?"

"글쎄. 아빠랑 의논 좀 해 보고."

"영서네 아빠? 아니, 외삼촌?"

미간을 찌푸리는 엄마 대신 언니가 튀어나왔다.

"걔네 아빠랑 어떻게, 무슨 의논을 하니?"

엄마가 언니한테 날카로운 눈길을 던졌다. 이번에는 언니도 입을 꾹 다물었다. 하고 싶은 말을 참는 것 같은 눈치였다. 아무래도 엄마랑 언니 사이에 뭔가 있었다. 궁금했다. 나만 모른다고 생각하니까 더더욱.

"외삼촌 원양어선 타고 계신다면서. 그럼 전화도 안 돼?"

"원양어선 같은 소리."

언니의 재바른 대꾸에 엄마가 다시금 언니를 째렸다. 언니는 어깨를 으쓱했다. 엄마가 가스레인지 불을 껐다. 밥 짓는 소리가 잦아들자 주방 안이 조용해졌다.

도대체 뭐야? 나만 모르는 거, 둘만 아는 거. 도대체 그게 뭐냐고?

엄마한테 따져 묻고 싶었다. 어린애 취급받는 것 같아 엄마와 언니에게 서운했다.

식탁에 수저를 놓으며 엄마가 말했다.

"아빠 일어나시라고 해."

어떤 질문도 받아 주지 않겠다는 듯 단호한 어투였다. 역시 지금은 적절한 때가 아니었다. 캐묻는 건 나중으로 미루기로 했다.

나는 아빠를 깨워 놓고 집을 나섰다. 꼭 영서를 찾아야겠다는 생각은 아니었다. 이른 아침의 산책은 어떤 기분인지 나도 느껴보고 싶었다. 영서 마음에 한 걸음 다가서고 싶었던 건지도 몰랐다.

바깥은 맑은 가을날이었다. 하늘이 투명하도록 새파랬다. 아파트 단지 안 산책로를 따라 쉬엄쉬엄 걸었다. 상쾌했다. 영서도 이 길을 짚으며 걸어갔겠지. 어디까지 가 있을까. 굳이 영서를 따라잡지 않아도 괜찮다고 생각했다. 단지 안에서라면 길을 잃을 염려까진 안 해도 될 테니까.

놀이터 부근에서 영서를 발견했다. 공중전화 부스 안이었다. 나는 발소리를 죽여 다가갔다. 놀라게 해 주고 싶었다.

영서는 누군가에게 전화를 걸고 있었다. 통화 중이 아니라는 것은 꼭 다물린 영서 입을 보고 알았다. 끊었다가 다시 걸고, 끊었다가 다시 걸고. 그러기를 여러 번 반복했다. 덩달아 나까지 초조해졌다.

이 아침에 끝내 영서의 전화를 받지 않는 사람은 누구일까? 영서가 간절히 가닿으려는 곳은 어디일까?

더 기다리지 못하고 영서 등을 톡톡 두드렸다. 고개를 돌린 영서가 나를 보곤 화들짝 놀랐다. 나는 웃으며 말을 건넸다.

"찾았다, 주영서."

영서는 웃지 않았다.

"아침부터 누구한테 그렇게 열심히 전화한 거야? 남자 친구?"

친근하게 물었다. 정말 궁금하기도 했다.

"남자 친구 없어."

"나돈데. 근데 웬 공중전화? 핸드폰 없어?"

나를 빤히 보는 영서 눈빛이 서늘했다.

"없어."

와락 밀어내듯 대꾸하고는 영서가 저 혼자 걸어가 버렸다. 나는 좀 당황스러웠다.

"야! 같이 가!"

앞서가는 영서는 걸음을 멈추지도 늦추지도 않았다. 걸어가는 뒷모습에서 찬바람이 쌩쌩 돌았다. 걸음도 무척 빨랐다. 간

발의 차로 영서가 탄 엘리베이터를 놓쳤다. 다시 내려온 엘리베이터를 타고 올라갔더니, 우리 집 문 앞에 영서가 서 있었다.

"경보 선수냐?"

내 딴엔 웃으라고 건넨 말이었는데 묵묵한 영서 태도에 머쓱해졌다. 다정하게 일러 주는 대신 영서한테 잘 보이도록 현관 비밀번호를 또박또박 눌렀다.

언니는 가방 싸들고 일찌감치 학교로. 엄마랑 아빠는 동반 외출. 집에는 영서하고 나, 둘만 남았다. 방 안에 둘이 있는데도 이상하게 한적한 토요일 오후였다.

침대에서 핸드폰을 붙들고 뒹굴던 나는 방문 옆 구석진 벽에 등을 기대고 앉은 영서에게 물었다.

"심심한데 나가서 텔레비전 볼까?"

"아니."

"그럼 과일 먹을래?"

"아니."

"뭐 하고 싶은 거 없어?"

"나 신경 쓰지 말고 그냥 너 하고 싶은 거 해."

괜히 찜끔했다. 현관문 앞에서 오도카니 서 있던 영서 모습이 떠올랐다.

"신경 쓰는 거 아니거든?"

영서는 대꾸도 안 했다. 둥글게 올려 세운 무릎에다 조그만 책을 펼쳐 놓고는 한 장 한 장 넘기고만 있었다.

"무슨 책이야?"

고개를 든 영서가 뜬금없다는 표정으로 나를 쳐다보았다. 나는 턱짓을 하며 덧붙였다.

"지금 열심히 읽고 있는 그거 말이야."

제 무릎 위로 시선을 내린 영서가 짧게 대꾸했다.

"책 아냐."

"그럼 뭔데?"

"나한테 신경 쓰지 말랬잖아."

다시금 머쓱해졌다. 누가 신경 쓰고 싶어 쓰나. 저절로 신경이 쓰여서 그렇지. 평소 같으면 친구들 만나러 나갔을 텐데, 저 때문에 집 지키고 앉은 것도 모르고.

"이 좁아터진 방에 둘이 앉아 있는데, 너 같으면 신경 안 쓰이겠어?"

책장을 넘기던 영서 손길이 멈췄다.

솔직히 내 방을 좁다 여겨본 적은 한 번도 없었다. 방이 좁다던 엄마 말도 일종의 인사치레였고, 영서 때문에 방이 좁아졌다고 느끼지도 않았다.

기왕 한 방을 쓰게 된 거, 정말 친구처럼 잘 지내고 싶었다. 어쩌면 친구보다 더 특별한 사이가 될 수 있을지도 모른다고 생각했다. 같은 나이의 사촌이 생겼으니까. 매사에 성가시게 구는 언니랑은 다르니까. 그런데 틀렸나 보다. 후, 한숨이 나왔다.

"미안해."

듣고 싶지 않은 말을 또 들었다. 나는 아무 대꾸도 하지 않았다. 내가 할 말을 영서가 가로챈 것 같은 기분. 한편으론 내가 뭘 그리 잘못했나 싶은 마음. 머리 위에 먹구름이 잔뜩 드리운 것 같았다.

영서가 몸을 일으켰다. 방을 나가는 영서를 내버려 두었다. 어딜 가려는지 묻지도 않았다. 나는 친구들과 이런저런 메시지를 주고받다가 만나기로 했다. 옷을 갈아입다 책상 한 귀퉁이에 놓인 영서의 책을 보았다. 까만 북 커버로 감싸여 있어 어떤 책인지는 알 수 없었다.

방을 나서자, 거실 유리문 바깥의 베란다에 서 있는 영서가 보였다. 뒷모습이었다. 우리 가족 모두 나가고 영서만 집에 가두어 두는 것 같아 찜찜했다. 다가가서 나간다는 말이라도 할까. 아침에 현관 비밀번호도 보여 주었으니, 답답하면 제가 알아서 좋아하는 산책이라도 다녀오겠지.

나는 그냥 돌아섰다.

저녁에도 영서는 혼자였다.

지금쯤이면 엄마와 아빠가 돌아와 있을 거라 생각했는데, 거실엔 어둠만 가득했다.

방문 옆의 벽에 등을 기대고 앉은 채 그 작은 책에다 무언가를 끼적이고 있던 영서가 방으로 들어서는 나를 보곤 숨기듯 덮었다. 팍, 하고 책장을 덮는 소리가 유난히 크게 들렸다. 마치 나를 탓하고 있는 것처럼.

내내 마음이 쓰이지 않았다면 거짓말이다. 떡볶이를 먹으며 친구들과 수다를 떨면서도 마음 한쪽엔 영서가 어른댔다. 순수하게 즐겁지가 않았다. 지금도 나만 배부른 게 미안해져서 영서한테 말을 건넸다.

"저녁 아직 안 먹었지?"

"······."

"배고프겠다."

"괜찮아."

차갑지는 않은데 틈을 주지도 않는 대답. 선을 그어 버리는 것만 같다. 나한테 영서를 떠맡겨 두다시피 하고 나가 버린 엄마가 원망스러웠다. 나는 방을 나와 엄마한테 전화를 걸었다. 엄마 목소리를 듣자마자 짜증을 부렸다.

"배고파 죽겠는데 왜 안 와?"

─여태 밥 안 먹었어? 밥솥에 밥도 있고 찌개도 끓여 놨는데 좀 차려 먹지 그랬어? 그럼 영서는? 영서도 여태 안 먹은 거야?

"늦으면 늦는다고 전화라도 하던가. 들어올 줄 알고 기다렸잖아."

귓가에 엄마 한숨 소리가 흘러들었다. 나도 안다. 평소라면 하지 않을 투정이라는 걸. 엄마가 늦으면 오히려 좋아하며 라면 같은 인스턴트식품으로 때우곤 하니까. 늘어난 자유 시간을 마음껏 누리곤 하니까.

"영서한테 아침에 먹은 그대로 차려 주기 미안하단 말이야."

괜히 영서 핑계를 댔다.

─그럼 짜장면이라도 시켜 먹어. 돈 있지?

"있어. 그래서 언제 들어올 건데?"

－조금만 더 기다려보고.

"누굴 기다리는데?"

－영서 엄마.

"엄마가 있었어?"

'엄마가 있는데 왜 우리 집에 데려왔어?'라는 물음이었다.

－엄마 없는 사람도 있어?

"그런 말이 아니잖아."

－엄마 피곤해. 나중에 얘기하자.

엄마는 더 설명하지 않고 전화를 끊었다. 답답했다.

나는 다시 방으로 들어갔다. 영서는 여전히 책을 닫아 두고 는 올려 세운 무릎하고만 눈 맞춤을 하고 있었다.

"주영서."

영서가 고개를 들었다. 막막히 기다려야 하는 엄마에 대해, 연락이 닿지 않도록 멀리 있는 아빠에 대해, 물끄러미 쳐다보 는 두 눈에다 대고 차마 물어볼 수가 없었다. 괜찮아, 라고 답 하지 못하게 선택지를 던졌다.

"라면 먹을래, 짜장면 먹을래?"

3

어젯밤에도 영서는 바닥에서 잤다.

마주 앉아 라면을 먹고도 여전히 서먹서먹해서 침대에서 자기를 더 권하지 않았다. 영서 혼자 먹게 하지 않으려고 라면을 억지로 먹은 탓에 속도 더부룩했다. 밤늦게까지 계속 뒤척이다 주방으로 나와 소화제 한 알을 삼키는데, 엄마와 아빠가 함께 들어왔다.

영서 엄마를 만나지 못했다고 했다. 엄마는 물론이고 아빠도 몹시 피곤해 보였다. 나도 피곤했다. 몸이 아니라 마음이. 내 방에는 아직 잠들지 못한 영서가 있었다. 나처럼 대놓고 뒤척이진 않았지만 깨어 있다는 걸 알 수 있었다. 나는 방으로 들어가는 대신 소파에 누웠다.

엄마가 어깨를 흔들어 잠에서 깼다. 아침이었다.

"연아야, 얼른 일어나 봐."

방을 두고 왜 여기서 자느냐는 잔소리를 들을 줄 알았다. 그런데 엄마 목소리가 꽤나 다급하게 들렸다. 나는 졸린 눈을 부비며 일어나 앉았다.

"이따 할머니 오신대."

"근데 왜?"

"영서."

엄마는 거의 울 듯한 얼굴이었다. 엄마가 외동딸인 줄 알고 있는 할머니에게 새삼스레 영서라는 존재를 말하기가 무척 난감할 것이다. 그렇지만 끝내 숨길 수도 없을 텐데. 할머니한테도 우리한테도. 엄마와 외삼촌 사이가 어째서 긴 세월 동안 하얗게 비어 있었던 것인지, 결국은 풀어 놓아야 할 텐데.

"일단 연아 네가 영서 데리고 좀 나가 있어."

"내가? 언제까지?"

"엄마가 상황 봐서 전화할 테니까, 그때까지만 영서랑 둘이⋯⋯."

"그냥 내 친구라고 하면 안 돼?"

"할머니 성격 몰라서 그래? 친구를 왜 집에서 재우냐고 그러실걸? 영서한테 할머니 앞에서 네 친구인 척 하고 있으라고 그럴 수도 없고, 그럼 영서 맘이 어떻겠니."

그렇다고 해서 도망이라도 치듯 후다닥 집 밖으로 데리고 나가면. 그러면 영서 마음은 즐거울까?

"그리고 영서가, 딱 봐도 엄마랑 많이 닮았잖니."

"그건 그래."

"네 친구 노릇하는 거 할머니한텐 안 통할 거야. 그러다 들키면 무슨 사달이 날지도 모르고. 영서 앞에서 그 꼴을 어떻게 보이니?"

엄마가 진짜로 걱정하는 게 영서야, 할머니야, 아님 엄마 자신이야?

반발하듯 움트는 질문은 가슴 안에만 두었다. 지금 다른 사람 걱정할 때가 아니었다. 하루 종일 영서랑 단둘이? 생각할수록 막막했다. 더구나 영서가 순순히 나와 같이 나가 줄지조차 의문이었다.

"영서한테는 뭐라고 해?"

잠깐 생각하던 엄마가 나름의 해답을 내놓았다.

"산책 가자고 해. 계족산 황톳길. 거기 천천히 걷기 좋잖아."

참, 산책 한번 멀리도 간다.

"엄마. 거기 버스 종점이거든?"

"김밥 싸 줄게."

"김밥 말고 용돈."

나는 엄마 앞에 두 손을 겹쳐 내밀었다.

계족산 삼림욕장으로 들어서자, 나무 냄새가 짙게 몰려왔다.

나는 심호흡을 했다. 영서는 묵묵히 걸었다. 버스를 타고 오는 동안에도 그랬다. 그래도 별 말 없이 따라 나서 주어서 다행이었다. 엄마 말대로 정말 걷기를 무지 좋아하는 모양이었다.

무성한 나뭇가지와 잎들 사이로 햇빛이 부시게 쏟아져 내렸다. 공기는 맑고 나무들이 뿜어내는 향도 싱그러웠다. 방 안에서 둘이 있을 때랑은 다르게 느긋하고 평화로웠다. 물론 곁에서 걷는 영서에게 계속 마음이 쓰였지만.

"나무 냄새 참 좋다. 뭐더라? 나무들이 막 내뿜는다는 그거. 피톤치즈던가?"

"피톤치드."

영서가 차분히 정정했다. 어쨌든 내 말을 받아 줘서 기뻤다.

"피톤치즈든 피톤치드든, 우리 오늘 그거 실컷 들이마시고 가자."

"황톳길은 어디 있어?"

"조금만 더 가면. 여긴 아직 시작도 아니야. 저기 입구 보이지?"

영서가 걸음을 빨리 했다. 우리는 곧 황톳길 시작점에 이르렀다. 황토가 다져진 길 위를 맨발로 걷는 사람들이 드문드문 있었다. 정작 영서는 뭔가를 고민하는 눈치였다. 반가워 할 줄 알았는데 선뜻 내딛지 못하고 서 있기만 했다.

"왜?"

"맨발로 걸어야 되는지 몰랐어."

"황톳길은 원래 맨발로 걸어야 제맛이걸랑."

영서는 황톳길과 경계 없이 맞닿은 일반 산책로를 선택했다. 두어 번 맨발로 걸어 본 적이 있었으므로 나도 오늘은 신발을 신은 채 영서 곁에서 걸었다. 느슨한 구간과 숨이 차도록 가파른 구간이 차례로 교차했다.

30분쯤 오르자, 평평한 쉼터가 나타났다. 영서와 나는 벤치에 앉아 숨을 골랐다. 배낭에서 생수 통을 두 개 꺼내 영서에게 하나를 건네고 나도 마셨다. 땀이 살짝 날 정도라 상쾌했다. 나는 저만치 산허리를 감고 도는 길을 가리켜 보였다.

"진짜 둘레 길은 저기서부터 시작이야."

영서가 금세 일어섰다. 올려다보는 내게 영서가 말했다.

"가자."

"벌써? 좀 더 안 쉬고?"

영서는 이미 길을 향해 앞으로 내딛고 있었다. 나도 영서를 따를 수밖에 없었다. 둘레길도 황톳길과 일반 산책로가 부드럽게 맞닿아 있었다. 완만한 오르막이라 많이 힘들지는 않았다.

얼마 지나지 않아 길이 두 갈래로 갈라졌다. 왼쪽은 둘레길 한 바퀴를 도는 코스, 오른쪽은 거꾸로 도는 코스였다. 표지판의 안내문을 읽고 난 영서가 굳이 거꾸로 도는 코스를 택했다.

"너 완전 청개구리구나?"

영서 입술에 미소가 머물다 사라졌다. 좀 더 오래 머물러 주었으면 싶어 아쉬웠다. 나한테 영서를 소리 내어 웃게 할 만한 개그 본능이 있었으면 좋을 텐데!

계속되는 오르막길을 지나 다시 평지에 도착했다. 나는 벤치를 보자마자 뛰어가 앉았다. 물도 꼴깍꼴깍 들이켰다. 영서는 그다지 힘든 기색이 아니었다. 걷기에 있어서는 내공이 장난 아닌가 보다.

주변을 둘러보던 영서가 표지판을 발견하곤 다가가 읽더니, 내게 손짓을 했다. 영서가 먼저 나를 부르는 게 기뻐 단박에 달려갔다.

"계족산성으로 오르는 계단이래."

영서가 말했다. 나는 영서 눈길을 따라 고개를 치켜들었다. 무시무시하게 가파른 계단이 기다리고 있었다.

"저길 올라가려고?"

영서가 끄덕였다.

"주영서. 너 걷는 거 좋아한다면서?"

"응."

"저건 걷는 게 아니라 거의 암벽 등반 수준이라고."

과장해서 말했더니 영서가 웃음을 머금었다. 잠깐이었지만 웃어서 좋았다. 영서가 앞장섰고, 내가 뒤따랐다. 경사가 하도 급해 숨이 턱까지 찼다. 게다가 계단은 끝도 없이 이어졌다.

이러다가는 마치 하늘로 가닿을 것만 같았다.

영서는 아주 날랬다. 난 열 계단쯤 아래에서 영서 꽁무니만 쫓는 꼴이었다. 계단만 다 오르면 계족산성을 만날 줄 알았는데, 계단이 끝나는 지점에서 울퉁불퉁하고 비좁은 산길이 나타났다.

"도대체 그놈의 산성은 어디로 간 거야?"

앞서가는 영서더러 들으라고 투덜거렸다. 영서는 지치지도 않는지 걸음만 재촉했다. 자칫 영서를 놓칠까 봐 숨을 몰아쉬며 겨우 따라갔다. 산길을 한참 올라가서야 마침내 돌로 쌓인 산성이 눈앞에 등장했다.

영서가 하늘을 향해 고개를 들고는 두 팔을 활짝 열었다. 나랑 같이 왔다는 사실을 잊은 듯 오로지 저 혼자인 것 같은 모습이었다. 하지만 편안해 보였다. 나는 숨을 고르며 영서를 바라보았다.

크고 작은 돌들이 차곡차곡 얽혀 넓게 펼쳐져 있는 산성 끄트머리에 영서가 자리 잡고 앉았다. 나도 영서 곁으로 다가섰다가 깜짝 놀랐다. 대롱거리는 영서의 두 다리 아래가 아찔한 절벽이었다.

"야. 너 안 무서워?"

"그렇게 높지도 않은데 뭘."

평온한 대꾸에 아래쪽을 내려다보니, 영서 말마따나 우리가 있는 곳이 그리 높지는 않았다. 나도 슬그머니 영서 옆에 앉았다. 영서처럼 다리를 아래쪽으로 내려뜨리지는 않고, 무릎을 올려 세워 껴안았다.

　바람이 솔솔 불어왔다. 올라오며 흘린 땀이 바람결에 다 실려 갔다. 막힌 데 없이 탁 트인 전경이 가슴까지 시원하게 만들어 주었다. 저 멀리 하늘을 이고 둘러선 산들이 아련한 그림 같았다. 도심의 건물들도 여기선 조그만 모형들처럼 보였다.

　"우리 아빠 궁금하지?"

　먼 하늘과 산에다 시선을 두고서 영서가 물었다. 궁금하게 여겨 왔던 부분이지만 곧장 그렇다고 대답하기 쑥스러웠다.

　"너한테는 외삼촌이겠다."

　"응, 나한테도 외삼촌이 있었다니 신기했어. 근데 엄마가 아무런 얘길 안 해 줘서 궁금하긴 해."

　"교도소에 있어. 오래 됐어."

　"아……."

　"싫지? 그런 외삼촌."

　상상도 안 해 본 경우라 뭐라고 말해야 좋을지 모르겠다. 나는 잠자코 있었다.

　"나도 싫어. 싫어, 그런 아빠. 부끄러워."

　엄마가 말하고 싶어 하지 않았던 이유를 알겠다.

　"많이…… 힘들었겠다."

　너도, 너희 엄마도, 그리고 우리 엄마도.

　"엄마가 돌아오지 않아도 나는 이해해. 영영 돌아오지 않더라도 미워하지 않을 거야."

　영서 목소리는 책이라도 읽어 내려가듯 담담하게 들렸다.

어제 아침, 공중전화 부스 안의 영서가 떠올랐다. 그 순간 영서는 엄마에게 전화를 걸었나 보다. 어디에 있는지도 모를 엄마에게 미워하지 않을 거란 마음을 전하고 싶었나 보다. 끝내 받지 않는 엄마가 원망스럽진 않았을까.

"있잖아, 영서야."

"응?"

"조금은 미워해도 괜찮지 않을까?"

영서는 대답하지 않았다. 먼 하늘만 바라보았다. 나도 그랬다. 미워하지 않기로 마음먹는 쪽과 마음껏 미워하는 쪽, 어느 편이 더 힘들까? 온통 새파란 하늘을 보며 생각했다.

고요하던 영서가 입을 뗐다.

"나는 맑은 하늘보다는 구름이 더 좋아."

"구름이 더 좋다고?"

뜻밖이었다. 영서가 나한테 자기 취향을 말해 준 것 또한.

"응."

대답하곤 영서가 말을 이었다.

"영국에 '구름감상협회'라는 게 있대."

"뭐야. 진짜로 그런 게 있어?"

"응, 있어. 설립자가 '개빈 프레터피니'라는 사람인데, 그 사람이 『구름 읽는 책』을 썼거든. 그 책에 이런 구절이 나와."

영서가 숨 쉬듯 말을 멈추었다가 다시 이었다.

"우리는 '파란하늘주의'를 만날 때마다 맞서 싸울 것을 맹세한다. 매일 구름 하나 없는 단조로운 하늘만 올려다봐야 한다면 인생은 너무도 지루해질 것이다."

나는 웃음 지으며 말했다.

"일리 있는 주장이네."

영서 입가에도 엷은 미소가 스쳤다.

"네가 매일 열심히 읽던 게 그 책이었어?"

"그거 책 아니라니까?"

"까만 북 커버도 씌워 놨던데?"

"그건 그냥 날마다 지어가는 나만의 세계랄까."

"짓는다고? 그럼 책이랑 똑같네, 뭐."

"그런가?"

"날마다 거기다 뭘 쓰는데?"

"오늘 제일 좋았던 일, 하루 중 가장 행복한 작은 순간, 그런 것들."

"정말 멋지잖아!"

영서가 포근히 웃었다.

나는 함께 웃지 못했다. 오늘 제일 좋았던 일, 행복했던 작은 순간이 영서에게 없을까 봐 조바심이 났다. 영서의 세계에서 오늘이 빈 페이지로 남을까 봐 걱정됐다. 아니, 우리 집에 온 날부터 하얀 여백으로만 남겨져 있을까 봐 두려웠다.

발끝만 보고 있는 내게 영서가 말했다.

"구름이 유난히 많은 날들이라고 생각해."

나는 영서를 돌아보았다. 하늘에다 눈길을 둔 채 영서가 말을 이었다.

"요즘의 나."

"그렇구나……."

"구름을 무지 좋아하는데도 힘들더라."

나는 고개를 끄덕였다. 영서 마음의 결이 고스란히 느껴졌다.

"어제 아침 공중전화에서 말이야. '넌 핸드폰도 없어?' 그러는 걸로 들렸어."

"어, 그런 거 아닌데."

"알아. 아는데도 그땐 빈정거리는 걸로 들리더라."

"그래서 나한테 쌀쌀맞게 굴었구나?"

"나 진짜 핸드폰 없어, 연아야. 어떤 느낌인지 알아? 다들 함께인 세상에서 나만 혼자 둥둥 떠다니는 느낌. 아무도 살지 않는 섬처럼."

마음이 먹먹해지려고 했다. 이러다 눈물이라도 떨어뜨리면 안간힘을 쓰며 버텨 내고 있을 영서까지 허물어질까 걱정됐다. 나는 애써 맑은 목소리로 말했다.

"제목이 필요해."

나를 돌아보는 영서에게 덧붙였다.

"날마다 주영서가 지어 가는 그 세계 말이야."

영서가 웃었다. 소리는 나지 않았지만 우리가 만난 이후로 그 어느 때보다도 환했다. 이번에는 나도 따라 웃었다. 활짝.

"그럼 열심히 생각해 볼게."

"열심히 말고 즐겁게."

내 말에 영서가 또 웃었다. 웃고 있는 나랑 눈을 맞추면서.

오늘 밤에는 영서가 고집을 피우지 않을 것 같다. 오늘 밤에는 내가 맘 편히 바닥에서 잘 수 있을 것 같다.

저녁 하늘에 서서히 노을이 번졌다. 노을이 어둠에 섞일 때까지 우리는 어깨를 기대고 앉아 있었다.

4

학원에서 돌아오니 내 방이 비어 있었다.

"엄마! 영서는?"

"서울 갔어."

엄마의 대답이 덤덤해서 가슴이 툭 내려앉았다.

"영서네 엄마, 아니, 외숙모 돌아오셨어?"

"영서 이모가 와서 데려갔어."

당연하다는 듯한 엄마 태도에 불쑥 화가 치밀었다.

"엄마가 온 것도 아닌데 왜 보냈어?"

"여기보다야 이모네가 낫지. 전학 안 해도 되고. 우리랑은 처음 만났지만 이모랑은 어릴 때부터 가까웠다고 하니까."

"그럼 애초에 이모한테 데려다주지 왜 우리 집에 데려왔어? 왜 여기 데려와서 영서 마음에 상처만 주냐고!"

엄마가 한숨을 길게 내쉬었다.

"연아야. 엄마는……."

변명 따위 듣고 싶지도 않았다. 나는 엄마를 등지고 방으로 들어와 방문을 쾅 닫았다. 겨우 3일. 영서가 머물렀던 공간은 흔적조차 없이 말끔했다.

"어떻게…… 인사도 안 하고 가 버려."

침대에 털썩 주저앉다가 눈이 반짝 떠졌다. 베개 위에 얌전히 놓인 영서의 세계, 바로 영서의 그 노트 때문이었다. 냉큼 집어 들었다. 까만 북 커버를 열자, 노트 겉장에 영서의 글씨가 적혀 있었다.

제목은 선물

"이게 뭐야."

나도 모르게 웃음이 났다. 동시에 콧날이 쨍하니 울렸다.

나는 노트를 들고 영서가 그랬듯이 방문 옆 벽에 등을 기대어 앉았다. 그리고 영서의 행복했던 순간들을 들여다보았다. 사소해서 더 애틋한 기억들이 페이지마다 담겨 있었다. 안타깝게도 우리 집에 왔던 첫날과 둘째 날의 날짜는 없었다. 노트의 마지막은 셋째 날인 어제 날짜였다.

내 사촌 연아와 둘이서 바라다보던 저녁노을.

영서가 남기고 간 선물을 가슴에다 껴안으며 나는 생각했다. 이 작은 노트는 어쩌면 영서가 지금껏 자신에게 주었던 선물이었을 거라고. 남루한 삶에서 가까스로 찾아낸 행복을 스스로에게 선물해 온 책이었을 거라고.

다음에 영서를 다시 만나면, 영서가 새로이 짓고 있을 세계에다 '행복 읽는 책'이란 제목을 지어 주어야겠다.

어디에서든 구름을 보면, 내 사촌 영서가 생각날 것 같다.

2.
황
금
연
휴

하 루

자존심 때문이었다.

그 집에서 영서를 데리고 나온 이유.

애초에 데려올 생각으로 찾아갔던 것도 아니었다.

고모라는 사람의 전화를 받았을 때, '영서 이모님이시죠?'라는 물음에 내포된 의미가 족쇄처럼 발목을 잡아당겼다. 아예 몰랐으면 모를까, 전화를 받고도 모른 체하며 영서를 거기 내버려 둘 수는 없었다. 식당에다 어렵사리 하루 휴일을 얻어 대전까지 내키지 않는 걸음을 했다.

영서 고모네 집은 내가 늘 꿈꿔 오던 30평대의 아파트였다.

깔끔하게 정돈된 거실로 들어서는 순간, 영서와 대면하기도 전에 나는 이미 예감했다. 이 집에서 영서를 데리고 나오는 만용을 부리겠구나. 대책도 없이 황량한 자존심만 앞세우고 말겠구나.

난데없이 등장한 영서만 아니었다면 걱정거리라고는 하나 없이 매일매일 행복했을 듯싶은 집. 사이좋은 부부를 중심으로 예쁘장한 두 딸이 활짝 웃으며 모여 앉은 대형 가족사진 액자. 평범하고도 건강한 가정의 표본이라고 느끼는 동시에, 주눅 들지 않으려 애써야 했다.

찾아온 나를 보며 고모는 안심하는 기색이었다. 영서는 반가워하지도, 기뻐하지도 않았다. 그저 내 얼굴을 물끄러미 보기만 했다. 원체 발랄하게 속내를 늘어놓는 아이는 아니었지만, 말간 그 눈빛이 다시금 자존심을 찔렀다. 내 사정을 빤히 아니까, 제 딴에도 난감했을 것이다.

그래서 나는 더더욱 단호하게 굴었다. 고모가 말리려 들지 않는데도 불구하고, 영서를 내가 데려가는 게 당연하다고 주장했다. 왜 이모한테 연락부터 하지 않았느냐며 영서를 살짝 나무라기까지 했다.

영서는 묵묵히 내 말을 듣고 있었다. 혹여 나를 따라 나서지 않겠다고 하면, 고모 집에서 지내는 게 더 좋다고 말하기라도 하면, 고모 보기 창피해서 어쩌나 걱정됐다. 한편으론 차라리 영서가 그래 주면 좋으리라는 생각도 들었고, 그런 내가 한심했다.

고속버스에 오른 뒤로 차창 너머로만 눈길을 두고 있는 영서에게 말했다.

"괜찮아."

나 자신에게 못 박는 말일지도 몰랐다. 괜찮을 리 없다는 걸 나뿐 아니라 영서도 번연히 알 터였다.

불현듯 허기가 몰려왔다. 아침 겸 점심을 날마다 식당에서 때웠다. 오늘은 갑작스런 휴무를 청하느라 차려진 상을 보고도 그냥 나섰다. 10분이면 먹을 것을 눈치가 보여 차마 수저를 들 수 없었다.

아까 터미널에서 산 바나나 우유에 빨대를 꽂아 영서한테 하나를 건넸다. 두 손으로 우유를 받아 든 영서가 비로소 입을 뗐다.

"이모부는요?"

안부를 묻고 있음이 아니라는 걸 안다. 자기를 데려가는 걸 이모부도 알고 있느냐는 물음일 테다. 그럼에도 부러 덤덤하게 대꾸했다.

"잘 있겠지."

더 묻지 않는 영서에게 굳이 덧붙였다.

"안 들어온 지 꽤 됐어."

사실이다. 이 시점에서는 그나마 다행스러운.

"너나 나나 참. 사는 게 어째 이 모양인지."

결국 영서 듣는 데서 한탄을 흘리고 말았다. 서른하고도 넷. 영서 나이 두 배를 넘긴 어른이 되가지고도 어째서 늘 이 꼴인지 모르겠다. 반지하 원룸에서 살고 있지만 않았어도, 이모 노릇이 이토록 버겁게 느껴지지만은 않을 텐데.

허름하기 짝이 없는 모텔 방에다 딸을 혼자 내팽개치고 사라져 버린 언니한테 새삼 화가 났다. 귀띔이라도 해 주지. 하긴 미리 일러 주기라도 했다면 아무 데도 가지 못하게 발목을 잡았을 테지만.

"엄마랑은, 연락 안 되지?"

혹시나 하면서 묻게 된다. 희미하게 끄덕이는 영서가 안쓰러웠다. 원망 한 자락 내비치거나 울먹이는 법도 없이 언제나 그랬다. 그러는 제 속은 또 얼마나 막막할까. 손이라도 쥐어 주고 싶은데, 영서 손은 통통한 바나나 우유 통만 감싸고 있다.

"어릴 땐 나이만 먹으면 저절로 어른이 되는 건 줄 알았는데……."

어른이 되면 어떤 비바람에도 흔들리지 않고 굳건하게 견뎌 내는 줄 알았는데. 그렇지 않더라. 살아가면 살아갈수록 불안하게 흔들리는 경우가 더 잦더라. 도대체 언제쯤이면 어지간한 일에는 끄떡도 안 하는 진짜 어른이 되는 걸까. 그런 시점이 과연 오기나 하는 걸까?

하지 못할 말들이 가슴 안을 일렁였다.

"언니가 너 낳던 날 생각난다."

그때 나는 열아홉 살. 지금의 영서보다 고작 세 살 많은 여고생이었다. 언니로 말미암은 한 생명이 신기해서 들여다보고 또 들여다보며 막연한 희망에 들떠 있던 그 순간. 그땐 언니도 겨우 스물한 살. 한 생명을 오롯이 감당하기엔 어리고 들뜬 나이.

"어땠는데요?"

영서한테서 고요한 물음이 건너 온다.

"응?"

"그때의 나요."

"그때의 너는, 빨갛고 되게 못 생겼더랬지."

웃음을 머금고 대답했다. 영서 입가에 엷은 미소가 떠올랐다.

"자긴 하나도 안 닮았다고 언니가 어찌나 낙담을 하던지. 돈 많이 벌어서 쌍꺼풀 수술부터 시켜 줘야겠다고 다짐을 하더라니까?"

미소가 머무는 영서 뺨이 예뻐서 더 애처로웠다.

"이렇게 예뻐질 줄도 모르고. 바보같이……."

말끝에 맴도는 한숨을 속으로 삼켰다.

영서가 빨대를 입에 물었다. 아주 조금씩 바나나 우유가 영서 목을 타고 넘어갔다. 나도 바나나 우유를 들이켰다. 단숨에 다 마시고도 빈속이 채워지지 않았다.

영서는 다시 차창으로 눈길을 돌렸다. 비가 쏟아지려는지 하늘이 어두침침했다. 고속버스는 쉬지 않고 달려갔다.

가방에서 핸드폰을 꺼내려다 반으로 접힌 하얀 봉투를 발견했다. 지극히 평화로워 보이는 그 아파트를 나설 때, 영서 고모가 건넨 봉투다. 딱 봐도 돈 봉투라 극구 사양했더니, 얼마 안 된다고 차비에 보태라며 가방 안에 억지로 밀어 넣은 거였다.

영서 쪽을 흘끗 살폈다. 차창에 머리를 기대다시피 한 채였다. 나는 조심스레 봉투를 열었다. 오만 원짜리 지폐가 얼추 열 장쯤 돼 보였다. 차비라기엔 넘쳐도 한참 넘치는 금액이다.

다시금 자존심이 팍 상했다. 내 모습이 얼마나 초라해 보였으면 이렇게까지 많이 넣었을까 싶었다.

봉투를 접어 가방 깊숙이 밀어 넣고는 핸드폰을 열었다. 신경질적인 손길로 언니한테 문자를 보냈다.

죽었어?

답은 없었다. 다시금 문자를 찍었다.

죽은 거 아니면 나한테라도 제발 연락 좀 해.

역시 답은 없었다. 부질없는 기다림 끝에 화가 치밀었다. 목구멍에서 상스러운 욕설이 치받쳤다. 나는 부서져라 이를 악물었다.

이 틀

눈을 뜨자, 머리가 무지근했다.

몸살이 닥치기 직전처럼 몸도 으슬으슬했다. 엊저녁에 비를 맞아서일까. 그깟 우산 얼마 한다고 미련스럽게. 자책하며 돌아누웠다. 곁의 빈 베개가 눈에 들어왔다. 지난밤 함께 잠들었던 영서는 보이지 않았다.

몸을 일으켜 앉는데 끙, 절로 신음이 나왔다. 어제는 식당

일도 쉬었건만 피로감이 다른 날보다 몇 배는 더 깊었다. 온몸을 짓누르는 무게 때문이다. 영서라는 무게.

"영서야."

조용했다.

여느 날과 다를 바 없이 어둑어둑한 아침. 실내 어느 구석에서도 영서의 자취를 느낄 수 없다. 어제 영서를 데리고 왔던 일이 마치 꿈만 같았다. 고단한 꿈들 가운데 한 조각이거나 책임감에서 비롯된 착각이거나. 둘 중 하나이면 어떨까. 묘한 안도감이 두통처럼 스미는 찰나, 현관문이 열렸다.

영서와 더불어 바깥의 공기가 와락 밀려들었다. 한기가 들어 머리끝이 주뼛 섰다. 나는 이불을 목까지 끌어당겼다.

"어디 갔었어?"

주춤주춤 다가온 영서가 손에 쥔 것을 내밀었다. 작고 납작한 상자는 텔레비전 광고에서 본 종합 감기약이었다. 영서의 소맷자락과, 어깨와, 머리를 덮고 있는 후드에 축축하게 젖은 자국들이 보였다.

"비 맞았네? 신발장에 우산 있는데. 갖고 나가지 그랬어."

어제도 고스란히 비를 맞힌 주제에 낡은 우산 따위로 생색이라니. 스스로가 못마땅하면서도, 융통성 없는 영서가 답답했다. 갑작스레 비를 만난 어제야 그렇다 치고, 아무리 우산 하나 없는 집이 있을까. 일러 주지 않더라도 직접 찾아 쓰고 나가는 게 뭐 그리 어려우랴 싶어서다.

"약국이 아직 문을 안 열어서, 편의점에서 이것만 샀어요."

"나 괜찮은데."

"안 괜찮아요."

뜻밖의 강경한 대답에 놀랐다. 영서와 눈이 마주쳤다. 어쩌면 이 아이, 내 속을 환히 꿰뚫고 있는 걸까. 영서가 먼저, 다음은 내가 눈길을 아래로 내려뜨렸다.

"새벽에 앓는 소리를 들었어요."

"그랬구나."

"죄송해요."

목에 솜뭉치가 콱 틀어 막히는 느낌이었다. 아무 말도 않고 그냥 있으면, 있지도 않은 영서의 잘못을 인정하는 꼴이 될 것 같아 간신히 대꾸했다.

"뭐가."

조금 여백을 두었다가 영서가 말했다.

"다요."

다, 라는 건 존재 자체를 의미할지도. 열여섯 살 여자애의 입에서 '다' 죄송하다는 말이 나오게끔 되어 버린 이 상황이 막막했다.

"어린애가 그런 소리 하는 거 아냐."

짐짓 가볍게 말하고는 눈을 흘겼다. 그러자 영서가 살짝 볼멘소리로 답했다.

"어린애 아니에요."

"다 큰 것 같지? 어른 되려면 아직 멀었어."

"얼마 안 남았어요."

"스무 살만 되면 어른일까 봐?"

"아르바이트 할래요."

"뭐?"

"좀 전에 갔던 편의점에서 아르바이트생 구하더라고요."

"중학생이 무슨 아르바이트야. 괜한 짓 말고 학교나 잘 다녀."

"고등학생이라고 했어요."

영서의 두 눈에서 기대가 한 줌 엿보였다. 어이없어 웃음이 났다.

"그 말을 믿어?"

"편의점 아줌마한테 고등학교 3학년이라고 했어요. 아저씨랑 의논해 보겠대요. 내일 다시 가 볼 거예요."

길게 말하는 그만큼 영서는 간절해 보였다. 고모네 집에서 지냈더라도 아르바이트 할 생각을 했겠느냐, 영서한테 묻고 싶었다. 하지만 그럴 수 없었다. 다 죄송하다는 아이에게 따질 말은 아니었다.

"반짝반짝하네."

영서의 두 눈이 물음을 담고 둥그레졌다.

"돈 벌 생각에 눈이 반짝반짝한다고."

웃으며 말했더니, 영서도 웃었다. 조금이나마 웃어서, 웃게 해서, 마음을 그득 채우고 있던 무게가 덜어지는 듯했다.

무거운 몸을 이끌고 밥을 안쳤다. 자기가 하겠다는 영서를 한사코 밀어냈다. 영서가 끓인 라면으로 때운 어젯밤도 미안했는데 아침마저 앉아서 받을 수 없었다. 식당에서 얻어 온 김치와 말라붙은 밑반찬 두어 가지로 상을 차렸다. 그럼에도 한 공기를 깨끗이 비워 준 영서가 고맙고 또 미안했다.

밥을 먹는 둥 마는 둥 한 채 영서가 사다 준 알약을 삼켰다. 출근 준비를 하느라 씻고 나니 머리가 본격적으로 지끈거려 왔다. 몸도 여기저기 욱신거리기 시작했다. 몸살이 제대로 덮쳐 올 모양이었다. 움직일 때마다 으으, 앓는 소리가 입 밖으로 흘렀다.

"오늘 쉬면 안 돼요?"

영서가 걱정스레 물었다.

너 때문에 어제도 예정에 없이 쉬었다고 말할 수는 없었다. 오늘까지 휴무를 허락 받진 못할 거라 말하기도 싫었다. 존재의 무게를 티 내지 않는 든든한 어른이고 싶었다. 적어도 영서한테 들키기 전까지 만이라도.

"그럴까?"

끄덕이는 영서를 보며 생각들이 돋았다. 아프다는데 어쩌랴 싶었다. 자주 있던 경우는 아니니 하루쯤 더 편의를 봐주지 않을까도 싶었다. 어제부터 길고 긴 황금연휴라 도시를 빠져나간 사람들이 많았다. 그러므로 충분히 가능해 보였다.

나는 이불 속으로 기어들어 가 식당으로 전화를 걸었다.

사 흘

쉬라고 했잖아. 푹.

식당 주인 남자의 냉담한 표정만 아니었다면, 진심 어린 배려로 착각할 뻔했다. 높낮이 없는 평소의 목소리 톤 덕분이었다. 어제의 통화에서는 얼굴이 보이지 않아서 몰랐다. 건조한 그 말이 사실은 해고 통지였음을.

죄송해요.

매달리듯 말했다.

더 열심히 할게요.

조아리듯 간청하기도 했다.

하지만 둘 다 소용없었다. 나를 대체할 값싼 노동력은 얼마든지 있었다. 내가 들어갈 자리는 남아 있지 않았다. 단 이틀 만에 한 사람을 미련 없이 밀어내고도 식당의 일과는 무심하리만큼 태연히 굴러가고 있었다.

나는 이달치 급여를 계산해 달라고 했다. 월급날 다시 오라고 말하는 주인 남자의 목소리가 전에 없이 싸늘했다. 자칫 잘못하다가는 떼일 수도 있겠구나 싶었다. 그나마 건지려면 감정적 마찰은 피해야 했다.

그럴게요.

순하게 대답하고 돌아섰다.

길을 건너 집으로 가는 버스에 오르자, 참담한 심정에 눈시울이 뜨거워 왔다. 엎친 데 덮친 격이라더니, 하필이면 영서를 데려다 놓자마자 해고를 당했다. 엇비슷한 일자리를 새로 구하는 건 어렵지 않을 거라 애써 마음을 다스려도 봤지만, 그러기까지 겪어야 할 과정들이 암담했다.

월급날은 열흘이나 남았는데 생활비도 빠듯했다. 월급이 들어오는 족족 빠져 나가는 빚 때문이다. 사람은 집에 들어오지 않아도 그가 남긴 채무는 어김없었다.

문득 영서 고모가 준 봉투 생각이 났다. 영서 앞이라 여태 꺼내지도 못한 봉투가 가방 맨 밑바닥에 깔려 있었다. 봉투를 만지작거렸다. 오십만 원으로 당장 해결할 수 있는 것들이 머리를 재빠르게 스치고 갔다. 월세, 공과금, 쌀과 라면⋯⋯. 그러고 나면 깔끔하게 없어질 액수였다.

기왕 줄 거면 좀 넉넉하게 넣지. 한 백만 원쯤.

머릿속에 생각이 일자마자 훅, 얼굴이 더워 왔다. 봉투에서 얼른 손을 떼고 가방을 오므리는데, 뒤통수에서 경쾌한 욕설이 터졌다.

"개새끼."

나는 소리가 난 쪽으로 슬쩍 고개를 틀었다.

맨 뒷자리에 나란히 앉은 영서 또래의 여자애들이 신나게 담임 선생을 씹고 있었다. 말과 말 사이에 터지는 욕설들이 저속하게 들리지는 않았다. 달콤한 풍선껌을 씹다가 푸우, 풍선 불듯이. 탐스럽게 부푼 풍선을 마음껏 터뜨리듯이. 의미보다는 유희로 팡팡!

저 아이들은 욕설을 내뱉을 때조차 폭죽 같구나, 생각했다. 증오나 자책으로 욕설을 가래침처럼 내뱉지 않고서는 차마 못 견디는 마음, 이 비루한 일상을 찬란한 저 나이대 아이들은 짐작이나 할까.

"어디 가니?"

심심한 할머니처럼 물었다.

여자애들이 서로를 쳐다보며 키득키득 웃었다. 뜬금없는 참견이 우스웠을까. 저 아줌마한테 대답을 해 줘야 하나 말아야 하나 잠깐 고민했을까. 여자애들의 웃음 어디에도 수줍음 같은 건 없었다. 아이들의 그런 빛깔이 좋았다. 영서도 저 애들 같았으면 좋겠다.

"영화 보러 가요."

여자애들 중 하나가 풍선 던지듯 말했다.

나는 느긋하게 미소 지으며 고개를 끄덕여 주었다. 저희들끼리 뭐라 속삭이던 아이들이 까르르 웃어 댔다. 그러자 아무 일도 없이 평온한 휴일 한낮인 듯 느껴졌다.

얼마 뒤 버스에서 내린 여자애들이 조르르 떼 지어 걸어갔다. 어린 양떼 같은 그 모습을 바라보며 빛도 잘 들지 않는 빈방에 혼자 있을 영서가 생각났다.

고모네 집으로 다시 돌려보낼까. 또래인 사촌도 있다니 그러는 편이 낫지 않을까. 저 아이들처럼 깔깔대진 않더라도 지금보다야 웃을 일 많지 않을까. 봉투에 든 돈을 허망하게 써 버리기 전에 그래야 하지 않을까.

갈등이 솟구치며 맘이 조급해졌다. 집으로 가는 걸음이 빨랐다. 집에 들어가는 즉시 영서를 데리고 나올 생각이었다. 그러고선 곧장 고속 터미널로 달려갈 생각이었다. 그런데 어두운 방에 웅크려 앉은 영서를 보자, 엉뚱한 말이 튀어나왔다.

"영화 보러 가자."

벽에 기대어 앉아 책을 보고 있던 영서가 눈을 둥그렇게 떴다.

"연휴잖아. 일주일 동안의 황금연휴. 그러니까 우리도 영화 보러 가자고. 얼른 옷 입고 나와."

대답을 기다리지도 않고 계단을 뛰어올라 골목으로 나섰다. 갈등이 밀려난 자리를 조바심이 채웠다. 오늘 영서와 영화를 보지 않으면 큰일이라도 날 것 같았다. 곧 영서도 내 옆으로 나왔다. 나는 영서 손을 끌어다 쥐고 큰길을 향해 걸었다.

잠잠히 딸려 오던 영서가 버스 정류장에 도착해서야 입을 열어 나를 불렀다.

"이모."

"왜."

"일하러 간 거 아니었어요?"

"사표 냈어."

"갑자기 왜요?"

"갑자기 아냐. 전부터 그럴 생각이었어."

"갑자기 맞는 것 같은데."

"아니라면 아닌 줄 알아."

"죄송해요."

맥락 없는 사과에 불쑥 화가 치밀었다.

"또 뭐가 죄송한데?"

시든 풀 같은 영서 모습이 화를 더욱 돋웠다.

"밑도 끝도 없이 대체 뭐가 죄송하냐고?"

"……다요."

이 아이, 또 '다'란다. 깊게 머리 숙여 엎드리듯이. 영서한테
똑 부러지게 해 줄 말이 떠오르지 않는다. '다'를 말하기에는
아직 네게 남은 시간들이 너무도 창창하다고. 그러니 힘내라
고, 희망을 가지라고 입에 발린 소리조차 해 주지 못하겠다.

나는 영서를 돌아보지도 못한 채로 뚝뚝하게 말했다.

"이모는 무식해서 그렇게 뭉뚱그려 말하면 뭔 소린지 못 알
아들어."

"알아들었으면서."

대꾸하는 영서 목소리에 여리게나마 생기가 묻었다. 슬며시
돌아보니, 영서는 무심한 듯 오가는 차량들만 바라보고 있었다.

"어린애가 그런 소리 하는 거 아니랬지."

"할 말 없으니까 괜히."

"주영서. 너 은근 말대답 잘 한다?"

영서 입가에 엷은 미소가 떴다. 미소를 보니 마음이 한결 포
슬포슬해졌다.

"영화 뭐 볼까, 우리? 어떤 영화 좋아해?"

"이모는요?"

"나 말고 너. 무슨 일이 있어도 네가 좋아하는 거 볼 거야."

"무슨 일이 있어도요?"

"그래, 무슨 일이 있어도."

기다리듯 지켜보는 내게 영서가 고개 들어 눈을 맞췄다. 까
맣고 말간 눈망울을 보며 나는 웃음 지었다. 영서도 나를 따라

52

웃었다. 북향집 창가에 짧게 드는 겨울 햇살 같은 웃음이었다.

나흘

엎어진 김에 쉬어 간다고 연휴 동안은 집에 있기로 했다. 일할 곳을 알아보러 다니는 대신 영서와 시간을 보내기로 했다. 누려 본 적 없던 진짜 휴가처럼 말이다.

시장에서 부추 한 단을 사다 부침개를 부쳤다. 청양고추도 아낌없이 썩썩 썰어 넣었더니 입 안에서 씹힐 때마다 코끝이 기분 좋게 매콤했다.

"맛있다, 그치?"

부지런한 젓가락질이 기특해서 묻자, 영서가 눈웃음 지으며 끄덕였다. 볼록해진 두 뺨이 예뻤다.

"이런 건 비 오는 날 먹어 줘야 제 맛인데."

"소주랑."

"뭐?"

놀라는 내게 영서가 대수롭지 않다는 듯 말했다.

"엄마 취미잖아요. 소주."

"특기겠지."

"쓰기만 하던데 무슨 맛으로 먹는지 몰라요."

"쓴 건 어떻게 알아? 먹어 봤어?"

"엄마가 마시고 남은 거 한 방울씩."

"엄마 몰래 그랬단 말이지?"

"몰래도 아니에요, 뭐. 소주 한 병 다 마시고 나면 쓰러져 잠드니까요. 팔 베고 누워 잠든 모습이 참……."

채 잇지 못한 말 뒤에 남겨진 영서 마음은 어떤 걸까. 사춘기 딸을 데리고 모텔 방까지 흘러든 제 엄마가 외로워 보였을까. 쓸쓸해 보였을까. 한심해 보이거나 원망스럽지는 않았을까.

"소주는 원래 쓴맛으로 먹는 거야."

"인생처럼요?"

영서의 대꾸에 허탈한 웃음이 나왔다. 어린 것이 인생씩이나 들먹이는 거 아니라고 핀잔하려다 말았다. 나는 끄덕였다.

"그래, 인생처럼."

접시가 금세 비었다. 프라이팬에 새로 기름을 두르고 반죽을 펴 올리는데, 핸드폰이 울렸다. 영서한테 뒤지개를 넘기고 전화를 받았다.

─여기 파라다이스 모텔인데요.

전화 속 목소리가 하도 커서 귀가 쟁쟁했다. 영서가 나를 쳐다봤다.

나는 영서와 최대한 멀찍이 떨어지려 좁은 들창 쪽으로 붙어 섰다. 영서와 언니가 머물던 방의 짐을 빼가라는 용건이었다. 옷가지 외에 딱히 짐이랄 것도 없다는 걸 알지만, 나는 일단 알았다고 대답하고는 전화를 끊었다.

가스레인지 불을 끄고 다가온 영서가 내 눈치를 살폈다.

"내 전화번호를 알고 있네."

의아한 독백은 궁금증에서 비롯된 거였다. 영서 고모에게 연락을 취한 사람이 모텔 주인인 줄로만 알고 있었다. 내 연락처를 알고 있으면서도 왜 언니가 사라진 그 당시엔 전화하지 않았던 걸까.

그러고 보니 이상한 점은 또 있었다. 지금껏 나는 영서한테 고모가 있는지 모르고 살아왔다. 그런데 모텔 주인이 영서 고모를 어떻게 알고 연락했을까.

"그럼 진작 나한테 전화를 하지, 어째서 고모한테……."

영서가 아랫입술을 살짝 깨물었다. 눈길도 조금 아래로 떨어뜨렸다.

"영서야."

묻는 듯 부르자, 영서가 어렵사리 입을 뗐다.

"엄마가 가르쳐 줬어요. 무슨 일이 생기면 고모한테 전화하라고, 고모 전화번호랑 주소랑 적어 줬어요."

"아……. 그랬구나."

마음이 서걱거렸다. 허허벌판에 선 헐벗은 나무 한 그루가 된 느낌이랄까.

가까이 사는 이모가 있는데도 먼 도시의 고모를 일러 주었단 말이지. 하나뿐인 혈육이 아니라 그간 존재조차 몰랐던 친가 쪽 피붙이를 선택했단 뜻이지. 영서의 보호자로 나는 자격 미달이란 얘기지.

자조적인 상념들 끝에 중얼거렸다.

"그래도 이모한테 먼저 전화했어야지."

고모 집에서와는 달리 겉치레 말이 아니라 진심 어린 타박이었다. 영서는 내게 '죄송해요.'라고 말하지 않았다. 이번에야말로 그럴 법 한데도 고개만 떨어뜨린 채 입을 꾹 다물고 있었다.

언니로서는 어쩌면 가장 합리적인 방법이었는지도 모르겠다. 지하 단칸방에 사는 동생 부부한테다 딸아이를 떠맡기지 않을 만큼의 염치는 지녔던 건지도. 아니면 아예 영서 고모를 믿고서 딸을 버려두고 떠나 버리는 짓을 저지른 건지도.

제 엄마가 당부해 둔 '무슨 일'이 버려짐이리라는 것을 영서는 짐작이나 했을까. 무슨 일이 있어도 자식을 혼자 버려두지 않는 게 어미 된 이의 도리여야 하지 않나.

"언니 진짜 밉다."

속내를 왈칵 토해 버렸다.

영서는 고요했다. 제 발끝만 뚫어져라 응시하는 영서를 뒤로 하고 집을 나섰다. 투덕투덕 발을 끌며 걸어가는데, 어떤 손길이 내 소맷자락을 붙들었다. 영서였다.

"왜."

"어디 가요?"

"너희 살던 데. 짐 가지러 간다."

"나도 같이 가요."

"싫어."

"왜요?"

"이모 지금 어마무시하게 삐쳤거든?"

"그래도 같이 가요. 같이 갈래요."

"막 우길 줄도 아네?"

"나 원래 고집 무지 센데. 고집불통이라고 엄마한테 만날 혼났는데."

"자랑이다."

영서가 입꼬리를 끌어올렸다. 웃으려고 애쓰는 얼굴이 안쓰러웠다.

"웃으려거든 제대로 좀 웃던가. 뭐냐, 그게. 웃을랑 말랑."

"그죠. 연아는 참 예쁘게 웃던데."

"연아? 김연아?"

웃으며 고개 젓고는 영서가 말했다.

"아니요. 이연아요."

"그게 누군데?"

"있어요."

"비밀이다 이거지? 이모 또 왕창 삐친다?"

웃음 담긴 협박에 영서가 웃었다. 이젠 제대로다. 제대로 환하게 웃는다. 그러나 쓸쓸했다.

닷 새

모텔에 남겨진 짐은 바퀴 하나가 빠진 여행 가방이 다였다.

가방 안에 든 것은 영서의 여름옷과 겨울옷 몇 벌. 영서 고모가 챙겨가지 않았던 이유를 알게끔 옷 상태가 형편없었다. 오랫동안 구겨 넣어 둔 탓에 퀴퀴한 냄새마저 났다.

"버리려다가."

모텔 주인 할머니의 말이 내 자존심을 팽팽히 잡아당겼다.

"그럼 안 되죠. 전화 잘 하셨어요."

깍듯이 인사까지 건넸다. 내 옆에서 영서는 고개만 약간 숙이고 서 있었다.

집에 돌아오자마자 옷들을 모조리 꺼내 세탁기에 넣었다. 방 안에 놓은 건조대 가득 영서 옷들이 널렸다. 빨래 양이 많은데다가 방이 습해서 그런지 하루가 지나도록 보송하게 마르질 않았다. 덕분에 방 안 공기마저 장마철처럼 눅눅했다.

"영서야. 너 교과서랑은 다 어디 있어?"

"학교예요."

"학교⋯⋯."

긴 연휴가 끝나고 난 뒤 영서를 학교에 보낼 일을 생각하니 새삼 어깨가 무거워졌다. 밤에 들어와 잠들고 느지막이 일어나 출근하던 생활이 몸에 배어 아침 일찍 일어나는 데는 영 젬병이었다. 내 이마에 스치는 걱정을 헤아렸는지 영서가 말했다.

"누가 안 깨워 줘도 나 혼자 잘 일어나요."

"하긴, 언니가 아침잠이 많았지."

"우리 엄마 잠보예요."

"없다고 맘 놓고 흉보는 거야?"

영서가 웃었다. 소리 없는 저 웃음이 오늘도 가슴에 쌓여 간다. 웃음의 무게가 오늘도 힘겹다.

"이모. 나 원래 아침도 안 먹어요."

"원래가 어디 있어. 안 차려 주니 못 먹은 거겠지. 엄마가 돼 가지고는 애 끼니도 안 챙기고 뭐 했는지 몰라."

"없다고 맘 놓고 흉보는 거예요?"

"그래, 맘 놓고 흉본다. 미워서 똑 죽겠는데 흉이라도 실컷 봐야지."

"미워하지 마요."

"내 맘이야."

"그래도 미워하지 마요, 우리 엄마. 엄마 미워할 자격 나한 테만 있어요."

담담한데도 가슴을 슥 베는 어조였다.

나는 할 말을 잊고 물끄러미 영서 얼굴만 바라보았다. 제 엄마라고 감싸고 드는가도 싶고, 다른 방식으로 표현하는 그리움인가도 싶고. 생각의 갈피마다 그저 심란했다.

"학교가 더 가까워졌어요."

반가운 소식이라도 들려주듯 영서가 말했다. 나는 풀썩 웃어 버렸다.

"파라다이스에선 버스 타고 꼬박 한 시간 걸렸거든요. 여기 서는 30분이면 갈 수 있어요. 걸어서요."

걸어서도 갈 수 있으니 교통비가 안 든다는 얘길 해 주려는 걸까. 나오려는 한숨을 누르며 대꾸해 주었다.

"그럼 아침에 30분은 더 잘 수 있겠네."

'네.' 하는 대답 위로 '쾅쾅쾅!' 현관문 두드리는 소리가 덮였다.

혹시 언니가?

성급한 기대를 품고 일어나 현관으로 향했다. 영서도 나를 뒤따라왔다. 그 사이 문 두드려 대는 소리가 몇 번 더 울렸다. 친숙한 목소리도 함께.

"문 열어!"

가슴이 달캉 내려앉았다. 문을 열자, 풍성한 꽃다발이 눈앞에 들이닥쳤다. 그리고 활짝 웃고 있는 남편의 얼굴도.

말문이 막힌 나보다 영서가 먼저 인사를 했다.

"이모부 안녕하세요."

"어, 영서도 있었네? 연휴라 놀러 왔구나? 처형은? 같이 안 왔어?"

영서와 내게 연이어 건너오는 질문들에 뭐라 답할 힘도 없었다. 그냥 맥이 빠졌다. 방귀 뀐 놈이 성낸다고 미친 듯이 성질부리며 나갈 땐 언제고, 아무렇지도 않은 척 들이닥치다니. 근 두 달 넘어 연락 한번 없다가 하필이면 영서를 데려다 놓은 지금에야.

"영서도 있는데 꽃부터 좀 받지?"

나는 마지못해 꽃다발을 받아 들었다.

"쓸데없이 이런 건 뭐 하러 사. 이거 살 돈 있으면 쌀이나 사 오지."

구시렁대는데도 남편은 눈을 부라리지 않았다. 전에 없이 실실 웃기만 하는 게 미심쩍었다. 또 어디서 되도 않는 사업 건수 하나 잡았답시고 돈이나 얻어 가려는 건 아닌지. 그래 봐야 내 줄 돈도 없지만.

"집이 왜 이리 꿉꿉해?"

신을 벗으며 불평하는 남편을 노려보았다. 솔직히 반갑지 않은 것은 아니다. 영서만 없었다면 나를 얼싸안았을 테고, 나 또한 못 이기는 척 안겨 주었을 테다.

"웬 빨래를 저렇게 잔뜩 널어놨어?"

"제 옷이에요."

영서가 변명하듯 대답했다.

"저 캐리어는 또 뭐야? 저것도 영서 네 거야?"

"……네."

간신히 대답하는 영서는 몸 둘 데를 모르겠다는 표정으로 문간에 서 있었다.

"이게 대체 무슨 상황이야?"

남편의 물음이 영서와 나, 둘 중 정확히 누구에게 날아드는 지는 알 수 없었다. 적어도 불만이 섞여 있다는 것쯤은 감지할 수 있었다.

"영서야. 이모부랑 얘기 좀 하게 잠깐만 비켜 줄래?"

영서가 끄덕였다. 지체 없이 가방을 챙겨 들고는 운동화를 신으며 내게 말했다.

"도서관 다녀올게요."

"그래."

겨우 대답했다.

영서가 현관문 밖으로 나갔다. 문이 닫히자 적막이 밀려들었다. 남편이 담배를 피워 물었다. 방 안에 담배 연기가 자욱해졌다. 손바닥만 한 창을 열어 봐야 별 소용도 없었다. 환기가 힘든 방만큼이나 내 마음도 갑갑했다.

"처형한테 무슨 일 생겼어?"

"응."

"그래서? 설마, 영서를 우리가 맡아야 된다는 뜻은 아니겠지?"

"우리가 맡으면 안 돼? 나한테는 하나뿐인 혈육인데."

"내 말은 그게 아니라, 우리 형편도 만만치 않잖아. 빚도 제법 쌓여 있고."

"그 빚 누가 만든 건데?"

"알아. 미안해. 내가 잘못했어. 그래서 이렇게 왔잖아. 그동안 나도 해결책을 고민하느라 이리 뛰고 저리 뛰며 나름 힘들었다고."

"그래서 해결책이 있기나 해?"

"목포 가자."

"뭐?"

"우리 살 집도 구해 놨어. 작지만 마당도 있다고. 친척 어른께서 땅을 빌려주시기로 하셨어. 태양열 에너지 알지? 그거 해보자, 우리. 그거 꽤 쏠쏠하대. 서울 사는 거 너도 지친다고 했잖아."

뜬구름 잡는 소리인가 싶었는데 구체적인 방안을 제시하니 솔깃했다. 식당 일도 지긋지긋하던 차였다. 다른 건 다 차치하고라도 마당 딸린 집이라니. 도시에서는 평생 살아 보지 못할 30평대 아파트를 대신하기에 더없이 아늑한 꿈처럼 느껴졌다.

나는 들고 있던 꽃다발을 손끝으로 쓸었다. 꽃에 코를 대고 향기도 맡아 보았다. 다가와 나를 안는 남편을 밀쳐 내지 않았다. 남편의 품 안에서 물었다.

"그럼 영서는?"

엿 새

지난밤 영서는 우리 부부의 발치에서 쪽잠을 잤다.

방의 제일 안쪽, 내 옆 자리에다 요를 폈지만, 영서가 굳이 고집을 세웠다. 방의 구조상 셋이 나란히 눕기엔 비좁기도 했다. 싱크대 아래 어정쩡하게 남는 공간에다 제 몸을 누이고는 그게 더 편하다며 웃어 보였다. 나는 마주 웃어 주지 못했다. 영서한테 죄를 짓는 기분이었다.

남편은 금세 잠에 빠져 코를 골았다. 나는 밤새 뒤척였다. 영서도 그랬다.

늦은 아침을 셋이서 함께 먹고 나니, 영서가 또 가방을 어깨에 메고는 나갈 채비를 했다. 눈으로 묻는 내게 영서가 어제와 똑같은 말을 했다.

"도서관 다녀올게요."

분리되지 않은 공간. 이모부가 와 있으니 나가 있으려는 영서 심중을 알면서도 괜스레 탓하듯 묻게 됐다.

"도서관에 꿀이라도 발라 놨니?"

영서는 그저 웃었다. 눈가와 입가에 희미하게 번지는 억지 웃음이 오히려 내 마음을 불편하게 만들었다.

영서가 나가자마자 남편한테 말했다.

"영서도 데리고 가."

남편은 못 들은 척 텔레비전만 보았다.

"안 들려? 영서도 데리고 가자고."

"꼭 그래야 돼?"

남의 일인 양 게으르게 대꾸하는 남편이 얄미웠다. 데리고 가는지의 여부를 떠나서 내 말에 좀 더 진지하게 대응해 주면 좋으련만.

"그럼 어떡해. 우리밖에 없는데."

"처형을 찾으면 되지."

"그걸 말이라고 해? 맘먹고 사라져 버린 사람을 무슨 수로 찾아?"

"그러게 어떻게 애를 버리고 가? 도무지 이해가 안 돼요, 이해가. 진짜 처형이 낳은 거 맞아? 전처 자식이거나 뭐 그런 거 아냐?"

기가 막혔다. 텔레비전 화면 속에선 딴 세상처럼 요란한 웃음소리가 터지고 있었다. 나는 리모컨을 집어 들고는 텔레비전을 꺼 버렸다. 남편이 인상을 팍 구겼다.

"영서 안 데리고 갈 거면 나도 안 가."

마음에도 없는 주장을 내질렀다. 정말 그럴 생각이었으면 이런 실랑이도 벌이지 않았을 것이다. 남편이 뭐라고 하든 상관없이 당연한 듯이 영서와 동행했을 것이다.

"내 입장은 생각 안 해 주냐?"

남편의 말이 기를 꺾었다. 그 속에 포함된 내용들을 충분히 짐작할 수 있기에 반박하기도 어려웠다.

목포는 남편의 고향이다. 시가 쪽 사람들이 그득한 곳. 거기 살러 가면서 조카를 혹처럼 달고 간다는 게 나조차도 썩 내키지 않았다. 하물며 남편이야. 살 집이며 땅이며 친척 어른에게서 빌리는 상황이니 말이다.

"답답해서 미칠 것 같아."

"나도 너 못지않게 답답하다고."

퉁명스레 내뱉는 남편의 말끝에 거친 욕설이 미끄러졌다. 나는 흘러내리듯 주르르 방바닥에 주저앉았다.

막다른 골목에 갇힌 것만 같았다. 영서를 다시 고모네 집으로 데려다주는 것밖에는 다른 도리가 없다고 생각하니 다시금 자존심이 상했다. 영서 고모한테는 뭐라고 하나. 영서한테는 또 뭐라고 하며 고모 집으로 도로 데려다주나. 눈물이 비죽 솟았다.

"일단 우리 먼저 내려가서 자리가 좀 잡히면 그때 영서 데리러 오자."

남편이 우는 나를 달랬다.

진심인지 아닌지 알 수 없었지만 말만으로도 위로가 됐다. 조카를 내팽개치는 나쁜 이모가 되지 않으려 노력했다는 일말의 위안도 생겼다. '그때'가 언제일지, 과연 오기나 할지 알 수는 없지만 최소한의 희망은 남겨 두는 거라고 생각했다.

"약속한 거지?"

눈물을 닦으며 코맹맹이 소리로 남편에게 확인했다. 남편이 끄덕이듯 내 어깨를 토닥였다. 상을 치우고 설거지를 하며 나도 스스로를 다독였다.

영서에 대해 어떤 식으로든 정리가 됐다고 생각했다. 이러지도 저러지도 못하는 상태에서는 벗어난 거라고 여겼다. 최선이 아닐지라도 어쩔 수 없다고 생각했다. 영서를 위해서는 차라리 잘 된 일인지도 모르겠다는 생각도 들었다. 애당초 고모네 집에서 호기롭게 데려오지 않았더라면 더 좋았을 테지만, 지금이라도 적절한 길을 찾은 셈이라고 생각했다.

여전히 눅눅한 영서 옷들을 개어 캐리어에 넣었다. 방 안이 한결 깔끔해졌다. 며칠 동안 심란하던 마음까지 가방 속으로 싹 치워 버린 것 같았다. 쓰레기를 버리러 집을 나서다 나는 그만 주저앉을 뻔했다. 1층으로 오르는 계단참에 영서가 웅크리고 앉아 있었다.

"여, 영서야."

영서가 눈을 들어 나를 내려다보았다.

"도서관 안 갔어?"

"가다가 생각해 보니까 오늘 휴관일이더라고요."

"아, 그랬구나. 그럼 들어오지 왜 그러고 있었어."

"이모."

"그, 그래."

"부탁이 있어요."

"……뭔데?"

"중학교 졸업할 때까지만 나 여기서 살면 안 돼요?"

다 들었구나. 한심하기 짝이 없는 내 속내를 영서가 다 알아버렸구나. 가슴이 쿵쾅쿵쾅 뛰었다.

"영서야……."

"혼자라도 괜찮아요. 졸업하기 전에 엄마가 올지도 모르잖아요. 여기서 엄마 기다리고 싶어요. 그래도 되죠?"

안 된다고 차마 말할 수 없었다. 어차피 방 계약 기한도 몇 달 남았다. 졸업하기까지 3개월 남짓. 영서 말마따나 그전에 언니가 돌아올지도 모른다. 나는 터질 듯한 쓰레기봉투를 움켜쥔 채 힘없이 끄덕였다.

이 레

영서가 건물 출입문까지 우리를 따라 나왔다.

이참에 방을 정리하고 보증금 천만 원을 빼 갔으면 하는 남편은 뜻밖의 결정이 영 못마땅한 기색이었다. 영서한테 인사도 하는 둥 마는 둥 저만치 앞서가는 남편을 바라보고 있으려니 영서의 중얼거림이 들렸다.

"하늘 참 파랗다."

영서 눈길이 하늘로 향해 있었다. 나도 영서를 따라 하늘을 올려다보았다. 시리도록 새파란 하늘엔 구름 한 조각 떠 있지 않았다.

"문단속 잘 해. 밥도 잘 챙겨 먹고."

영서가 말갛게 미소 지었다. 다 이해한다는 눈빛이었다. 착하게 끄덕였으면 마음이 더 아팠을 텐데 단단해 보여 한시름 놓였다. 나는 영서 고모한테서 받았던 돈 봉투를 건넸다. 받지 않고 머뭇거리는 영서한테 말했다.

"내 돈 아니야. 너희 고모가 주신 거야. 우선 그걸로 쓰고, 다음 달부터는 이모가 생활비 보내 줄게."

봉투째 영서 주머니에 찔러 넣어 주고는 내 핸드폰도 넘겨 주었다.

"연락 안 되면 답답하니까. 새 걸로 사 주고 싶지만 이모가 여력이 없네. 그래도 아직은 쓸 만해."

영서가 흠집투성이 핸드폰을 가만히 감싸 쥐었다.

"같이 지내면서 너랑 더 많이 친해지고 싶었는데."

"저도요."

울컥했다. 침을 삼키며 차오르는 감정을 목 뒤로 숨기는데, 영서가 덧붙였다.

"나도 이모랑 더 많이 친해지고 싶었다고요."

목이 메어 그저 끄덕였다.

"걱정하지 마세요. 졸업할 때까지도 엄마가 안 오면 그땐 고모네로 갈게요."

"그래."

끄덕이며 대답했다. 골목 저 끝에서 빨리 안 오고 뭐 하냐는 듯 남편이 내 이름을 불렀다.

"선주야!"

영서가 나를 떠밀었다.

"이모부 삐치겠어요. 얼른 가세요."

나는 영서를 등지고 걸음을 옮겼다. 기분이 이상했다. 영서를 혼자 두고 가는 걸음이 사뭇 무거울 줄 알았는데…… 그렇지 않았다. 하늘 때문이야, 생각했다. 구름 한 조각 없어 투명하도록 파란 저 가을 하늘.

골목을 벗어날 즈음 뒤를 돌아다보았다. 영서는 계단 아래 반지하의 집으로 들어가고 없었다. 돌아선 나는 저만치 앞서 있는 남편을 향해 걸음을 재촉했다. 남편이 걷고 있는 거리엔 활기가 넘쳤다.

길고 긴 황금연휴가 끝났다.

너를
생각
해

또 왔다.

부근에 학원이 여럿 있어 또래의 학생들이야 수없이 드나들지만, 저렇게 눈에 띄는 경우는 저 애가 유일했다. 여자애들은 보통 두서넛 씩 무리를 지어 몰려다니기 마련인데 늘 혼자여서 더 눈이 갔다.

어쩌면 눈빛 때문일지도 모르겠다고, 진교는 생각했다. 매일 계산대 앞에 와서 설 때마다 톡 쏘듯이 쳐다보는 저 눈빛 말이다.

오늘도 여자애가 집어 온 건 통통한 항아리 모양의 바나나우유다. 다른 브랜드도 많은데 늘 이것만 골라 왔다. 지폐에다 동전까지 꼭 맞게 셈해서 건네고는 여자애가 물었다.

"대학생이에요?"

난데없는 질문에 진교는 조금 당황스러웠다. 항의 어린 눈빛과는 별개로 입을 다물고 있던 애였으므로 더욱 그랬다.

대답을 듣고야 말겠다는 얼굴로, 그러니까 예의 그 눈빛이 다른 날들보다 더 선명해진 채로 여자애가 진교를 쳐다보고 있었다.

손님들이 연이어 밀려들기라도 하면 바빠 계산이나 할 텐데 지금 편의점 안엔 진교와 여자애, 둘 뿐이어서 못 들은 척 하기도 어려웠다. 진교는 최대한 무심히 대꾸했다.

"아닌데."

"그럼 고등학생이에요?"

지긋지긋한 고등학교는 작년에 졸업했다. 진교는 출입문 쪽으로 시선을 비끼며 이번에도 무덤덤하게 대답했다.

"아닐걸."

"설마, 중학생?"

어이가 없어 돌아보니 여자애의 두 눈이 진교를 열심히 쏘아보는 중이었다. 진교는 여자애의 태도가 차츰 불쾌해지기 시작했다.

"내가 네 친구로 보여?"

여자애가 움찔하며 물러서길 바란 응수였지만 먹혀들지 않은 것 같았다. 여자애는 뒷걸음질을 치지도, 주눅 들지도 않았다. 다만 무슨 결심이라도 하듯 입을 꾹 붙였다가 다시 열었다.

"손님한테 왜 반말해요?"

보기보다 보통내기가 아니라는 생각에 진교도 태연스레 맞받아 주었다.

"손님이야말로 왜 가만있는 나한테 시비세요?"

"거기 원래 내 자리란 말이에요."

"뭐?"

"원래 내가 하기로 되어 있던 건데 그쪽이 가로챈 거라고요."

무슨 소린지 대충 알아듣기는 했다. 그렇지만 어이없긴 마찬가지였다. 매일같이 찾아와서 맹랑한 눈으로 쳐다보았던 이유가 그런 거였을 줄이야.

"너 중학생이지?"

"고등학생인데요."

"그거 동화중학교 교복이잖아."

여자애가 교복 재킷 위에 걸친 점퍼를 바짝 여미며 보일락 말락 하던 명찰이 확실하게 가려졌다.

"그렇긴 한데, 이제 곧 고등학생 될 거니까요."

"곧 될 거지 아직은 아니잖아. 그리고 중학생이건 고등학생이건 이런 데선 알바 안 써 줘. 그러니까 알바 하고 싶으면 괜히 남의 탓 하지 말고 나이나 더 먹고 와."

"나도 먹고 싶어요, 나이. 누가 먹기 싫어서 안 먹나. 먹고 싶어도 금방 안 먹어지니까 속상한 건 나라고요. 그쪽은 나이 많이 먹어서 알바도 맘껏 할 수 있고 좋겠어요."

진교는 놀랐다. 여자애가 이렇게나 많은 말들을 늘어놓을 수 있으리라고는 생각지 못했던 것이다. 더구나 여자애의 말들

속에는 앞의 말들과는 달리 서러움이 깃들어 있었다.

서러움인지 어떻게 아느냐고 따진다면, 논리적으로 설명하기는 힘들다. 말과 말 사이에 힘겹게 숨겨 둔 정서를 느꼈다고 할 수밖에는. 그런 감정은 들키지 않게 감쪽같이 숨겨 두어야만 단단해질 수 있고 버텨 낼 수 있다는 것을 진교는 지금까지의 경험으로 미루어 잘 알고 있었다.

제 딴엔 벼르고 벼르다 오늘에야 기어이 할 말을 해 버렸을 여자애가 이제 맹렬히 노려보고 있는 것은 바나나 우유였다.

"많이 먹진 않았는데."

진교의 말에 여자애가 고개를 들고 진교를 쳐다보았다. 지난 일주일 내내 하고 싶은 말을 품었던 그 눈빛은 사라지고 없었다. 그맘때의 아이들에 비하면 지나칠 만큼 말갛고 순한 눈을 하고 있었다.

"나이."

진교가 덧붙이자, 여자애가 아랫입술을 깨물었다.

"웃음 참는 거야?"

잠깐 틈을 두었다가 여자애가 대답했다.

"아니요."

"입술 깨무는 거 다 봤어."

"웃음 나서 그런 거 아니에요."

"나한테 한바탕 따지고 나니까 속이 시원해?"

"……아니요."

쓸데없는 짓을 하고 난 뒤의 허탈감과 자괴감 따위에 시달리고 있는 걸까. 여자애의 목소리가 힘없이 잦아들었다.

진교는 여전히 계산대 위에 놓여 있는 바나나 우유를 턱으로 가리키며 물었다.

"환불해 줄까?"

아니요, 하며 여자애가 두 손으로 바나나 우유를 감싸듯 쥐었다.

"원 플러스 원 하는 것도 있는데, 200원 더 내고 교환하든가."

"난 이게 좋아요."

"그럼 어서 마셔. 속 답답할 땐 역시 바나나 우유지."

여자애가 다시금 입술을 무는 게 보였다. 진교는 못 본 척했다. 바나나 우유 한 통으로 저녁을 때우는지도 모를 여자애가 진교에게 꾸벅 고개를 숙이고는 돌아서서 문을 향해 총총 걸어갔다.

여자애가 나가자마자 손님들이 떼를 지어 들어와 편의점 안이 떠들썩해졌으므로 진교는 여자애를 금방 잊었다.

오늘따라 남학생들은 저마다 허세를 부리며 소란스러웠고, 여학생들은 저희들끼리 깔깔거리며 즐거웠다. 컵라면과 삼각김밥과 꼬마 김치와 음료 캔들이 줄줄이 팔렸다.

퇴근길의 직장인들은 적당히 지친 기색으로 걸음을 재촉했다. 각종 도시락과 스낵과 소주와 담배가 그들을 따라 나갔다.

방금 전에 나갔던 손님이 되돌아와 우산을 찾을 때에야 진교는 여자애를 다시 떠올렸다. 몇 방울씩 떨어지는가 싶던 비가 두두두 소리까지 내며 쏟아지기 시작했다.

　여자애는 문 밖에 서 있었다. 퍼붓는 비를 피하기엔 처마가 좁았다. 왜 여태 안 가고 있는지는 모르겠지만 보고도 모른 체할 수가 없었다. 진교는 문을 열었다.

　"비 다 맞겠다. 들어와."

　여자애가 진교를 돌아보았다. 추운지 푸릇푸릇해진 입술에다, 손에 쥔 바나나 우유도 먹지 않은 채 그대로였다.

　"안에 있다 비 좀 그치면 가."

　꽉 다문 입매만 보면 그 자리에서 버틸 법한 얼굴인데 여자애가 순순히 진교의 말을 따라 안으로 들어왔다.

　"아직도 따질 게 남았어?"

　"아니요."

　"그런데 왜 거기 서 있었어? 나 퇴근할 때까지 기다렸다가 뒤통수라도 한 대 때려 줘야 속이 시원해질 것 같았어?"

　"아니에요, 그런 거."

　"그런 거 아니면 뭔데?"

　"부탁이 있어요."

　"나한테? 무슨 부탁?"

　"여기 일 한 달만 하고 저한테 양보해 주시면 안 돼요?"

　엄마는, 하고 물으려다 말았다.

　너 이러고 다니는 거 너희 엄마는 아시니?

　자신이 곧잘 들었던 질타의 말을 제법 간절해 보이는 이 여자애한테까지 반복해 들려줄 필요는 없을 터였다. 세상 모든 자식들의 곁에 엄마가 존재하는 것은 아니라는 사실을 진교는 이미 알고 있었다.

"부탁이 있어."

진교의 말에 여자애가 두 눈을 크게 떴다. 그린 듯이 선이 고운 쌍꺼풀 아래 까만 눈동자가 꽤나 짙었다.

"컵라면 하나 갖다 줄래? 제일 맛있는 걸로, 작은 거 말고 큰 놈으로. 밥도 하나 곁들이면 좋고."

"저녁 먹으려고요?"

"응."

기다리던 임무라도 받은 것처럼 여자애는 조르르 뛰어가서는 진교가 말한 것들을 집어 왔다. 진교는 스캐너로 물건들의 바코드를 차례로 찍은 다음 여자애한테 도로 내밀었다.

진교가 지갑을 꺼내 물건 값을 계산하는 사이, 여자애가 컵라면을 뜯어 뜨거운 물을 붓고 즉석 밥을 데웠다. 탁자 위에다 나무젓가락까지 세팅을 다 해 놓고 여자애가 진교한테 다가와 말했다.

"다 됐어요."

"그럼 먹어."

"네?"

"다 됐으니까 불기 전에 얼른 먹으라고."

여자애가 입술을 깨물었다. 이 순간 여자애가 참으려는 게 웃음인지, 울음인지, 서러움인지, 또는 다른 무엇인지 굳이 파헤치고 싶지 않으므로 진교는 눈길을 돌려 외면했다.

가을이 저물어가며 나날이 싸늘해지는 바깥세상엔 비가 계속 쏟아지고 있었다.

드문드문 드나드는 손님들 때문에 저만큼 떨어진 탁자 앞에 앉은 여자애가 진교의 시야에서 사라졌다 나타났다 했다. 비는 꾸준했고 편의점을 찾는 사람들도 끊일 듯 말 듯 들고 났다.

선반에 담배를 채워 넣고 돌아서니 건너편의 탁자가 비어 있었다. 진교는 계산대를 나와 탁자 쪽으로 걸음을 옮겼다. 컵라면을 먹었던 흔적이라곤 찾아볼 수 없게 탁자 위가 말끔했다.

출입문이 여닫히는 소리를 듣지 못했으니 여자애는 아직 편의점 안에 있을 것이다. 진교의 짐작대로 뒷문이 있는 진열대 너머에서 여자애가 나왔다. 손에는 방금 짠 듯한 걸레가 들려 있었다.

"뭐 하는 거야?"

"보면 몰라요?"

진교를 스쳐 지나간 여자애가 탁자 모서리며 의자 등받이며 여기저기 구석진 데를 걸레로 닦기 시작했다. 누가 시키기라도 한 것처럼 열심이었다. 진교로 하여금 얼토당토않은 제 '부탁'을 들어주게 하려고 앞질러 노력하고 있음이 분명했다.

"그래 봐야 소용없어."

만류하려는 진교의 말을 여자애는 들은 척도 안 했다.

"소용없다니까?"

"밥값 하는 거예요."

"안 해도 돼."

"할래요."

"하지 마."

"한다니까요."

"너 고집 되게 세구나?"

"고집이라도 세야 이 험한 세상을 살아 내죠."

피식 웃음이 나 버렸다.

보아 하니 너도 나랑 별반 다를 바 없겠는데, 가진 거 하나 없이 그깟 고집 따위로 험한 세상과 대적할 수 있을 거라고 생각해?

빈정거리고 싶은 걸 누르며 진교는 헝클어지려는 마음을 가다듬었다.

"집이 어디야?"

걸레질을 멈추지 않은 채로 여자애가 대답했다.

"가까워요."

"우산 빌려줄 테니까 그만 가."

"마저 해 놓고 갈게요."

손님이 들어와 진교는 계산대로 되돌아왔다. 손님들의 움직임에 따라 다시금 여자애 모습이 보였다 안 보였다 했다.

담배를 사려는 남자애의 나이가 애매해 보였다. 주민등록증을 요구하는 진교와 집에 두고 왔다는 남자애 간에 몇 차례의 실랑이가 오갔다. 남자애는 결국 담배를 포기하고는 억울한 표정으로 나가 버렸다.

그새 여자애는 밀대로 바닥을 밀고 있었다. 걸레며 밀대며 어디다 두는지 가르쳐 주지도 않았는데 잘도 찾아낸다.

"중딩. 그만하고 가랬지."

"거의 다 했어요."

아홉 시가 훌쩍 넘었다. 매일 열 시쯤이면 주인아주머니가 온다. 그 전에 여자애를 내보내야 했다. 저 애가 아주머니를 붙들고 통사정이라도 할라치면 퍽이나 난감할 테니 말이다.

계산대 앞의 바닥을 닦으며 여자애가 물었다.

"여기 아저씨는 언제 나오세요?"

"아저씨는 왜?"

"며칠 내내 지켜봤는데도 계속 안 보여서요."

"학교는 안 가?"

"학교를 왜 안 가요. 오며 가며 봤다는 거죠."

무엇을 짚는지 곧장 알아채곤 변명을 덧붙이는 걸 보니 눈치는 있다.

"아줌마가 아저씨랑 의논해 보고 저 써 주기로 하셨단 말이에요."

아주머니의 남편은 얼마 전 교통사고로 다리를 다쳐 병원에 있다고 들었다.

"의논하나마나 중딩을 쓸 리 없잖아. 그만 포기해. 아까도 말했듯이 알바로 쓰기엔 넌 너무 어려."

"아줌마한테는 고등학생이라고 했어요."

"그걸 믿어? 딱 봐도 중딩인데."

여자애가 밀대 밀던 손길을 멈추고 진교를 빤히 쳐다보았다. 제대로 한번 보라는 듯 제 얼굴을 정면으로 두었다. 오목조목 자리 잡은 이목구비가 새삼 진교의 두 눈에 담겼다.

이곳이 아닌 어디선가 다른 데서 만났던 것만 같은 얼굴.

그럴 리야 당연히 없는데도 어쩐지 친숙하게 느껴지는 생김새.

자세히는 모르지만 엇비슷할 환경 때문에 그럴지도 모르겠다는 생각을 하고 있는데, 출입문이 열리며 주인아주머니가 들어섰다. 오늘은 다른 날보다 많이 이르다.

진교보다 여자애가 먼저, 그것도 아주 반갑게 아주머니에게 인사를 했다.

"안녕하세요."

여자애의 얼굴엔 지금껏 못 봤던 웃음까지 어려 있었다.

"누구……? 아, 그때 그 학생이네?"

아주머니가 알아보자, 여자애의 입가에서 웃음이 더욱 또렷해졌다.

"네, 맞아요."

여자애의 대답에 희망 한 자락이 역력했다. 아주머니가 난색을 지으며 말했다.

"어쩌나. 우리 아저씨가 아무리 졸업반이라고 해도 고등학생은 좀 그렇다고 해서."

고등학생이라 속인 것만도 모자라서 3학년이라고까지 올렸다니. 어처구니가 없었다. 아주머니도 그렇다. 어딜 봐서 저 애가 고등학생으로 보인다는 걸까?

"근데 학생이 왜 청소를 하고 있어?"

아주머니의 의아한 눈길이 여자애를 거쳐 진교한테로 옮겨 왔다.

"어, 그게……."

앞뒤 상황을 설명하려는 진교를 앞서서 여자애가 뜻밖의 대답을 해 버렸다.

"동생이에요. 사촌 동생."

"응? 학생이 진교 학생 사촌 동생이야?"

반색하며 묻는 아주머니에게 여자애도 웃음 띤 얼굴로 확답했다.

"네, 진교 오빠 사촌 동생이에요."

아주머니한테 들은 이름까지 들먹이며 '오빠'라는 호칭을 천연스레 갖다 붙인다.

진교는 작게 한숨을 내쉬었다. 거짓말은 또 다른 거짓말을 낳게 마련. 무슨 속셈으로 여자애가 저러는지 모를 일이었다.

"오빠 일 도와주려는 거구나?"

"네."

대답 한번 당찼다.

"진교 학생, 이렇게나 오빠 생각해 주는 예쁜 여동생 둬서 좋겠네?"

뭐라 대꾸도 못하고 어설픈 미소로 얼버무리는 진교에게로 여자애의 눈빛이 날아들었다. 그 눈빛이 전하는 말은 필시 이런 것일 터였다.

나만 거짓말 한 거 아니네요, 뭐. 대학생 아니면서 대학생이라고 거짓말한 거 맞죠?

바닥 청소를 마친 여자애가 밀대를 빨러 나가자마자, 아주머니가 물었다.

"진짜 여동생 맞지?"

"네?"

당황해서 되묻는 진교에게 아주머니가 질문을 바꾸었다.

"여자 친구 아니지?"

어이없는 그 물음에 진교는 단단한 어조로 대답했다.

"아닌데요."

"혹시나 해서. 예전에 걸핏하면 여자 친구 불러다 놓고 시시덕거리던 알바 녀석이 있었거든. 일은 일, 연애는 연애. 아무리 알바라도 정확히 구분은 할 줄 알아야지. 안 그래?"

이쯤 되고 보니 여자애가 편의점에 드나드는 한엔 끝까지 사촌 동생으로 우겨야 할 판이었다. 괜한 오해를 받으니 그 편이 나을 것 같았다. 진교는 한숨이 나려는 걸 겨우 다스리며 대답했다.

"네."

"근데 사촌끼리 되게 닮았다."

의심의 눈초리를 보낼 땐 언제고 닮았다고 하는지 모르겠다.

"그런 소린 처음 듣는데요."

소심하게 반대 의사를 표해 보았으나, 아주머니가 깨끗이 잘랐다.

"둘이 친남매라고 해도 믿겠던데, 뭘."

"친남매요?"

"예쁜 여동생도 왔는데 오늘은 일찍 들어가. 동생이 청소도 도와주고 했으니까 내가 특별히 봐주는 거야."

"아니, 괜찮은……."

진교의 말을 자르며 아주머니가 당부까지 곁들였다.

"밤길 위험한데 집에도 잘 좀 데려다주고."

비가 그쳐서 그나마 다행이었다. 빗속을 우산이라도 같이 쓰고 걸어야 했다면 더 곤란했을 테니까.

"어느 쪽이야?"

세 갈래의 갈림길 앞에서 묻자, 여자애가 비스듬히 경사진 왼쪽 골목을 가리켰다. 진교의 집하고는 정반대 방향이었다. 배가 고프다 못해 쓰라렸지만 어쩔 수 없었다.

진교는 여자애가 가리킨 골목을 따라 걸어 올라갔다. 곁을 따르며 여자애가 말했다.

"안 데려다줘도 되는데."

"나도 그러고 싶거든?"

"그러니까 그냥 가세요."

"지금부터 한 시간쯤 더 걸어가야 되는 건 아니지?"

"그만큼은 아니에요. 한 15분?"

여자애의 걸음이 살짝 빨라졌다. 골목 양쪽으로 늘어선 다세대 주택의 창마다 불빛들이 환했다. 문득 멈춰 선 여자애가 가만히 중얼거렸다.

"참, 내 바나나 우유."

"두고 왔어?"

"네."

안 먹을 거면 가방에라도 좀 넣어 두던가. 매달리듯 두 손에 감싸 쥐고 있더니만. 정말 여러모로 신경 쓰이게 만드는 애다.

"내일 가지러 와."

"내일 되면 상했을 거예요."

"새 걸로 줄 테니까 오라고."

"진짜요?"

기뻐서 통 튀어 오르는 어투는 아니었다. 강가에 넋 놓고 앉아서 흐르는 물이라도 바라보듯이 아련한 목소리였다.

이런 말투로 마지막 인사를 건넸던 사람 생각이 났다. 그날 아침, 학교에 가는 진교에게 '잘 다녀와.' 하고 읊조리던 엄마.

그 목소리가 평소와 조금 다르다는 것을 알아차렸다면. 그랬다면 그날 이후로 지금과는 다른 나날들이 펼쳐졌을까. 2년 전의 그날 아침을 생각할 때마다 진교는 무거운 자책감에 시달리곤 했다.

"꼭 와."

"네?"

"내일, 바나나 우유 가지러 꼭 오라고."

여자애는 아무런 대답 없이 그저 걷기만 했다. 걸음의 속도가 좀 전보다 느려졌지만 진교는 얼른 가자고 여자애를 채근하진 않았다. 뭔가 모르게 조급해지는데 막막하기만 해서 지금 당장 무엇을 어찌해야 좋을지 진교는 알지 못했다.

건물들의 좁은 틈새에서 줄무늬 고양이 한 마리가 나와 망이라도 보듯 두 사람을 쳐다보았다. 여자애가 쪼그리고 앉아 고양이한테 말을 걸었다.

"호랑이, 안녕."

작은 고양이가 몸을 움츠리며 뒤로 조금 물러났다.

"겁 많은 호랑이네."

"그러게요."

맞장구치며 여자애가 낮게 웃었다.

오늘 밤 집에 가면 여자애를 주인공으로 그린 다음, 여자애의 웃음소리를 '후후'라고 써서 말풍선에 담아 머리맡에 매달아 주어야겠다. 이 여자애가 웹툰 속에서나마 마음껏 상큼해질 수 있도록.

무엇이든 할 수 있게 되어서 다행이라는 생각을 했다. 그게 여자애한테는 아무 도움이 되지 않는 작업일지라도. 가상의 세계에서만 허용된 순간의 행복일지라도.

귀찮아도 함부로 지워 버리지 않는 것. 눈에 보이지 않아도 금세 잊어버리지 않는 것. 잊지 않게 자꾸만 생각하는 것. 중요한 건 그런 일들이 아닐까, 하고 진교는 생각했다.

아기 호랑이를 닮은 고양이가 어둠 속으로 사라졌다. 몸을 일으킨 여자애가 다시 걸음을 떼어 놓으며 말했다.

"아까 아줌마한테 사촌 오빠라고 말해서 미안해요."

"뭐, 괜찮아."

"나 때문에 난처해질까 봐 그랬어요."

"알아."

얼마간 조용히 걷던 여자애가 어느 건물 앞에 멈춰 섰다.

"다 왔어요."

진교는 편의점에서 나올 때 샀던 라면 봉지를 여자애한테 내밀었다.

"이거 진교 오빠 저녁이잖아요."

"어, 그렇긴 한데."

"그런데요?"

"집에 라면 한 박스 사 놓고는 깜박했어."

"거짓말 같아요."

거짓말 맞다. 그렇지만 허세는 아니다. 아주 조금이라도 괜찮으니 할 수 있는 무언가를 해 보는 것. 지금의 진교에게는 이 라면 두 봉지가 그것이었으므로.

봉지를 억지로 여자애 손에다 쥐여 주고는 말했다.

"얼른 들어가."

여자애가 꾸벅 고개를 숙이고는 몸을 돌렸다. 출입구의 유리문을 밀고 건물 안으로 들어간 여자애가 계단 아래로 내려갔다. 아마도 반지하의 방인가 보았다.

계단의 센서 등이 꺼진 뒤로도 땅 위로 옹색하게 드러난 창 너머에서는 내내 어둠만이 가득했다.

                          * * *

드디어 왔다.

캄캄한 창 아래의 방을 등진 채 무거운 발걸음으로 돌아섰던 그 밤 이래로 정확히 보름이 지나서야 여자애가 다시 나타난 것이다.

반가움이 절반, 짜증이 절반.

편의점으로 들어서는 여자애를 보며 진교에게 닥쳐온 감정의 양축이었다. 무게를 달아보면 그래도 반가움 쪽이 1그램은 더 나가지 않을까. 반가움의 이유야 선명하지만, 짜증에 대해서는 진교 스스로도 납득하기 힘들었다.

곧 계산대 위에 항아리 모양의 바나나 우유 두 개가 놓였다. 어제도 그제도 다녀갔던 것처럼 여자애는 담담하기 짝이 없었다. 인사 한 마디 없는 걸 보면 그날 있었던 일들은 까맣게 잊어버린 듯했다.

"오늘은 두 개네."

"하나는 오빠 거예요."

오빠라는 호칭에 살짝 혼란이 왔다. 진교는 바나나 우유를 집어 들고 바코드를 찍으며 무심한 듯 물었다.

"오빠가 있어?"

그제야 여자애가 진교와 눈을 맞췄다. 못 본 동안 얼굴이 좀 까칠해졌다. 종종거리며 몰려다니는 펭귄들처럼 입술에 빨갛게들 바르고 다니는 또래에 비하면 여자애의 낯빛은 흐릿할 정도로 무채색에 가까웠다.

"진교 오빠요."

여자애가 대답했다. 지극히 담백한 어투였다.

그날 밤으로부터 오늘까지 여러 번 그 집 앞에 갔었다는 말을 진교는 여자애한테 하지 않기로 했다. 대신 그간의 안부를 겸해 물었다.

"우유 가지러 꼭 오라고 했는데, 왜 안 왔어?"

"꼭 대답해야 돼요?"

"하기 싫으면 안 해도 돼."

잠시 여백을 두다가 여자애가 말했다.

"부끄러웠어요."

"뭐가?"

"그냥, 그날 일들 전부 다요."

"내 알바 내놓으라고 대책 없이 덤볐는데, 막상 자려고 누우니까 창피함이 마구 몰려와서 이불 킥을 했다 이거지."

대수롭지 않다는 식으로 말하자, 여자애가 입 꼬리를 조금 올렸다. 웃음도 안 나고 웃고 싶은 마음도 별로 없지만 예의상 노력해 보는 것 같은 표정이었다.

쉰 소리 말고 뭔가 그럴듯하고 멋진 말로 다독여 줄 수 없었는지, 자신에 대한 실망감이 밀려왔다.

"집에 들어가자마자 잤어?"

"네?"

"불이 안 켜지길래."

그날 밤에도, 다른 날 밤에도, 그리고 어젯밤에도, 라고 덧붙이진 않았다. 자칫 고약한 스토커쯤으로 오해받기 십상이었다. 오해받는 건 둘째고, 하루하루를 겨우 버텨 내고 있을 여자애한테 괜한 두려움까지 얹어 주고 싶지 않았다.

"아. 형광등이 나가서요."

태연한 대답이었다. 그래서 진교는 더욱 짜증이 났다.

사실은 화가 나는 건지도 몰랐다. 여자애가 얼마나 오랫동안 어두운 밤을 견뎌야 했는지에 대해서. 오지 않는 여자애를 기다리며 내내 생각하던 시간들에 대해서.

"아무도 없어?"

여자애가 막막한 눈으로 진교를 쳐다보았다.

"집에 형광등 갈아 끼울 줄 아는 사람 없냐고."

말 속에 밴 짜증을 간파했을까. 여자애가 말없이 바나나 우유 두 개 값을 동전까지 딱 맞춰 진교한테 건네고는, 제 몫의 우유를 들고 거리가 내다보이는 탁자로 가 걸터앉았다. 진교가 서 있는 계산대에선 여자애의 뒷모습만 보였다.

그 사이 손님이 여럿 들어왔다 나갔다. 계산하느라 정신없는 와중에도 진교의 눈길은 자주 여자애 쪽으로 향했다. 어깨를 옹송그리고 앉은 여자애가 바나나 우유를 다 마시고 나가 버릴까 봐 초조했다.

편의점 안의 손님들이 다 나가기를 기다렸다는 듯 여자애가 일어나 진교 앞으로 왔다. 두 손엔 손난로처럼 바나나 우유를 끌어안고 있었는데, 마치 가기 전에 인사를 건네려는 모습 같았다.

진교는 다소 조급해진 마음으로 물었다.

"오늘은 청소 안 도와줘?"

"언제는 하지 말라고 난리더니."

"난리까진 아니었을 텐데."

계산대 가장자리에 밀어 둔 바나나 우유를 눈짓해 보이며 여자애가 물었다.

"싫어하는 건 아니죠?"

"응, 아니야."

"싫어한다는 거예요, 좋아한다는 거예요?"

"좋아한다고."

"다행이다. 이거 원래는 우리 이모가 좋아하는 건데요. 나도 따라서 좋아하게 됐어요. 한 통 마시고 나면 밥 한 그릇 먹은 것처럼 배가 든든해서 좋대요. 나도 그래요."

진교는 바나나 우유를 뜯어 한 모금 들이켰다.

"이모랑 친해?"

"그럴 걸요?"

'엄마는?' 하고 물으려다 참았다. 간신히 버티고 있을 때 누군가가 무심코 건드린 '엄마'라는 버튼이 눈물 폭탄의 기폭제 역할을 해 버릴 수도 있으니까. 지금 여기서 여자애가 울음을 터뜨려 버리면 몹시 난감할 테니까.

"형광등 말인데, 내가 갈아 끼워 줄게."

"이젠 괜찮아요."

"이젠?"

여자애의 입가에 미소가 떠올랐다. 입김 한 번에도 금세 스러져 버릴 조그만 촛불 같은 미소였다.

"어둠에 익숙해지기라도 한 거야?"

"아니요."

"그럼?"

"환한 데로 갈 거거든요."

"환한 데 어디?"

"파라다이스."

진교는 화가 났다. 화를 숨기지 않고 딱딱하게 말했다.

"가지 마."

여자애가 진교를 빤히 바라보았다. 말간 눈망울에 담긴 것들이 무엇인지 알지도 못한 채로 진교는 바삐 내뱉었다.

"부탁인데, 그런 데 가려고 하지 마. 그거 진짜 나쁜 짓이야. 알아? 개똥밭에 굴러도 이승이 낫다는 말, 괜히 있는 거 아니야. 오랫동안 전해져 오는 말은 대체로 진리라고. 그러니까 내 말 새겨들어."

여자애의 두 눈이 동그래졌다.

"내가 죽으려는 줄 알았어요?"

"아니야? 방금 나한테 파라다이스라고 했잖아. 천국, 뭐 그런 거. 그런 의미로 말한 거 아니었어?"

여자애가 웃었다. 그날 밤 고양이 앞에 쪼그리고 앉았을 때처럼 고소한 소리는 나지 않았지만 충분히 환했다. 색깔을 입히자면 부드러운 노랑. 여자애를 그릴 때 배경색으로 지정해야겠다.

"파라다이스. 천국이 아니라 낙원 아닌가?"

웃음 고인 여자애의 중얼거림에 목덜미가 화끈거렸다.

"천국이든 낙원이든, 아무튼 그런 덴 가지 말라고."

"그런 짓 안 해요, 나. 지금 서둘러서 안 죽어도 언젠가는 죽을 텐데, 굳이 뭐 하러 앞당겨요?"

또박또박 말하는 여자애가 기특했다. 한편으론 멋대로 앞질러 간 기우가 멋쩍기도 했다. 자라 보고 놀란 가슴 솥뚜껑 보고도 놀란다더니만. 역시 옛말은 틀린 게 별로 없다.

"아니라면 뭐, 다행이고."

"걱정했어요?"

"걱정, 이라기보다는."

다음 말을 기다리며 초롱초롱한 눈빛으로 쳐다보는 여자애한테 진교는 그간의 속마음을 말해 버렸다.

"생각했어."

"아. 생각했구나."

그러고는 미소 띤 채 끄덕이던 여자애가 나직이 말을 보탰다.

"이름도 모르면서."

여태 이름도 안 물어봤다고 탓하고 있는 걸까?

"감췄잖아, 네가."

"내가요?"

"지난번에 너, 내가 이름표 못 보게 감춘 거 기억 안 나?"

여자애가 천연스레 어깨만 으쓱했다.

"그래서, 이름이 뭔데?"

"비밀이에요."

맹랑한 대꾸에 다시금 목덜미가 뜨끈해져 왔다.

"너 지금 나랑 밀당하냐?"

까르륵, 웃음이 터졌다. 여자애가 터뜨린 소리였다. 여자애를 웃게 할 수 있어서 기뻤다. 어쩐지 목이 말라 왔고, 진교는 남은 바나나 우유를 단숨에 마셨다.

문이 열리며 여학생들이 한 무리 들어왔다. 조잘조잘 새들처럼 지저귀며 물건을 고르는 또래 여학생들을 여자애가 먼 풍경 보듯 바라보았다.

일 끝나고 집에 바래다줄 테니까 좀 기다리라는 말을 할까 말까.

망설이는 사이 여학생 무리가 계산대로 몰려왔고, 여자애가 자연스레 여학생 무리 뒤편으로 물러났다. 계산대 위에 쌓인 물건들을 차례로 집어 스캔하는 동안에도 여학생들은 쉬지 않고 재잘거렸다.

여학생 무리가 모두 빠져나간 뒤 편의점 안팎을 한 바퀴 훑었지만, 여자애는 이미 사라지고 없었다.

다만 여자애가 잠시 앉았던 탁자 위에 진교를 기다리듯 직사각형의 명찰이 반듯하게 놓여 있었다. 진교는 명찰을 집어들고 여자애의 이름을 가만히 읽었다.

"주영서."

알바를 마치고 진교는 곧장 영서네 집으로 달려갔다. 형광등을 갈아 줄 참이었다.

그런데 영서가 내려갔던 계단 아래의 방엔 불이 켜져 있었다. 뿐만 아니라 현관문도 활짝 열려 있었다. 방 안은 물건 하나 없이 훤했다.

"방 보러 왔어?"

목소리를 향해 계단 위로 고개를 돌렸다. 꼬장꼬장한 느낌의 할머니가 한 손에 빗자루를 든 채로 진교를 내려다보고 서 있었다.

"아니요. 여기 사는 학생을 좀……."

난간을 잡고 한 계단 한 계단 내려온 할머니가 탐색인지 의심인지 모를 눈빛으로 진교를 훑어보았다. 진교는 서둘러 덧붙였다.

"사촌 오빤데요."

"그래? 그러고 보니 좀 닮은 것도 같고. 근데 그 학생 이제 여기 안 살아."

가슴이 후드득 내려앉았다.

"이번 달 월세도 안 주더니만, 그저께 학생 이모부가 찾아와서는 방 보증금 빼 달라고 그래서 내줬잖아."

"이모부요? 이모부한테 왜 방 보증금을 빼 줘요?"

"여기 그 학생 이모네가 살던 방이야. 남편이 달라니까 빼 주지, 그럼 난들 어떡해?"

"그래서, 어린앨 내쫓았단 말씀이세요?"

"내쫓긴 누가 내쫓았다고 그래? 딱해서 월세도 안 받고 그냥 보내 줬는데."

"어디로 간다고는 얘기 안 해요?"

"대전에 사는 고모네로 간다더라고."

"대전이요?"

"사촌 오빠라니 잘 알겠네."

11월 둘째 주. 절기상으로는 입동(立冬). 겨울의 맹추위를 예감하게 하는 날씨에 고모 집으로 갔다니, 그래도 불행 중 다행이라 해야 할까. 그곳은 과연 영서가 말하던 파라다이스일까.

"언제 나갔어요?"

"아까 저녁참에."

그러니까 그게 정말 마지막 인사였던 셈이다. 저녁 무렵 편의점에 잠깐 들러 건네준 바나나 우유는 영서에게 있어 제가 할 수 있는 최선의 보답이었던 것이다.

영서가 떠나 버린 빈방을 등지고서 진교는 골목을 천천히 걸었다. 어둠의 어느 틈새에서도 영서의 호랑이는 보이지 않았다. 이따금 손끝이 따끔거렸다. 주머니 속에 든 명찰 때문이었다.

4.

파라다이스에서

그 애였다.

주영서.

못 보고 지나쳤으면 차라리 좋으련만, 이미 봐 버렸다. 지친 퇴근길, 구석진 벤치에 누군가가 버리고 간 보퉁이처럼 둥그렇게 옹크리고 앉아 있는 영서를 발견해 버렸다.

아침 출근길의 라디오에선 오늘이 대설(大雪)이라고 했다. 12월의 저녁엔 어둠이 점령군처럼 잔인하게도 찾아든다. 어제부터 시작된 한파가 매섭다. 잠시 서 있는데도 칼바람에 귀가 얼얼해질 지경이었다.

차를 세워 둔 주차장까지 가려면 벤치 쪽으론 고개를 돌리지 말고 앞만 보며 똑바로 걸어가야 한다. 아니, 그러기만 하면 영서를 못 본 척 할 수 있다.

오늘같이 추운 날 저 애는 하필이면 왜 저렇게 어중간한 위치에 있는 건지 모르겠다. 나무 그늘 더 깊이 들어가 아예 보이지 말거나, 보일 거면 아주 환한 데에나 나와 있지. 그러면 갈등하지 않아도 될 텐데. 짧은 인사말이나 나누고 내 가던 길 가면 됐을 텐데.

그때도 그랬다.

영서를 처음 '발견'했던 순간.

✛

한 달 전쯤의 토요일이었다.

당직을 서던 그날도 영서는 서가 제일 안쪽 모퉁이에서 오늘처럼 동그마니 몸을 둥글리고 앉아 있었다. 오늘과 다른 점이 있다면, 그땐 거의 숨어 있어서 하마터면 못 보고 지나칠 뻔했다는 것.

마감 시간을 넘긴 어린이 자료실이었으므로 한 번 더 체크하지 않았으면 영서가 밤새 거기에 숨어 있었어도 몰랐을지 모른다. 그때야 그런 생각까지는 안 했지만, 시간이 흐를수록 그날의 영서가 그럴 작정이었을 거란 짐작이 어렵지 않게 들었다.

가까이 다가간 나와 눈이 마주치자 어쩔 수 없다는 듯 몸을 일으킨 아이가 입고 있는 교복이 낯익었다. 블라우스 목 부분에 부착된 리본의 색상으로 3학년임을 알았다.

유리와 같은 학교에다 학년까지 같은 아이. 유리 친구 대하듯 이름을 물어볼까 하다 관두었다. 이름은 왜 묻는 거냐며 부루퉁한 대꾸로 치받을까 봐.

유리도 그렇지만 요즘 애들은 대체로 표현이 거침없다. 자기가 잘못하고선 되레 화부터 내는 경우도 심심찮게 있었다. 딸 또래의 아이와 공연한 실랑이라도 벌이게 될까 책망하는 듯이 들리지 않도록 신경 쓰며 물었다.

책 보다 잠들었니?

아니요.

적당한 핑곗거리를 주려는 물음이었는데, 솔직한 대답과 공손한 태도에 미리부터 마음에 쳐 두었던 울타리가 느슨히 풀어졌다.

아이의 손에는 도서관의 책이 아니라 손바닥만 한 노트가 들려 있었다. 노트 윗부분에는 펜도 하나 매달려 있었다.

여기 앉아 필사라도 한 거야?

필사요?

책 베껴 쓰는 거 말이야.

아니요. 그냥 일기 같은 거예요.

일기 같은?

어떤 순간들을 모아 두는 거요.

음, 어떤 순간들일까?

관심을 기울이며 미소와 더불어 묻자, 잠시 망설이던 아이가 입을 열었다.

하루 중 가장 행복했던 순간이요.

그렇구나.

가만히 끄덕이다 퍼뜩 현실로 돌아왔다. 지금은 밤 10시를 앞둔 시각이었다.

늦었는데 그만 가야지. 집에서 기다리시겠다.

걱정을 담은 내 말에 아이는 그저 '네.' 하고 대답했을 뿐, 서둘러 움직일 기미 같은 건 없어 보였다.

조금 전까지 아이가 무릎에 덮고 있던 점퍼로 눈길이 내려갔다. 점퍼는 서고에 기대어 둔 가방과 함께 바닥에 놓여 있었는데 이 계절에 입기에는 지나치게 얇았다.

어쩌면 이 아이의 집에는 기다리는 사람이 없을지도 모르겠다는 생각이 스쳤고, 나도 모르게 묻고 말았다.

저녁은 먹었니?

아랫입술을 살짝 깨물었다 풀고서 아이가 대답했다.

아니요.

배고프겠구나.

…….

일단 나가자.

선생님, 이란 부름이 나가려는 내 걸음을 멈췄다. 곧이어 아이의 간청이 등을 때렸다.

그냥 못 본 척 해 주시면 안 돼요?

나는 천천히 뒤돌아섰다.

저 여기 있는 거, 그냥 모른 척 해 주시면 안 돼요?

그 순간 나를 보는 아이의 눈망울에는 나로서는 이해하기 힘든 어떤 절실함이 담겨 있었다. 그래서 나는 더욱 단단하게 대꾸하고 말았다.

안 돼.

그리고 그건 나 자신에게 건네는 말이기도 했다.

+

벤치 앞까지 다가서도록 영서는 나를 눈치 채지 못한 채 무언가에 몰두해 있었다. 오늘의 영서 손에 쥐인 것은 핸드폰이었다. 문자를 보내는 중인지 손가락들이 바빴다.

"영서야."

영서가 고개를 들었다.

"선생님."

"추운데 여기서 뭐 하고 있어?"

"안 추워요."

본질을 비껴가는 대답이 무겁지도, 눅눅하지도 않았다. 영서 표정도 그랬다. 지금껏 내 눈에 띌 때마다 그래 왔던 것처럼 내면을 잘 감추고 있는 것인지도 몰랐다.

"눈사람이야? 난 코가 얼어서 깨져 버릴 것만 같은데."

짐짓 엄살을 피웠더니 영서가 배시시 웃었다.

"진짜로 눈사람 돼 버리기 전에 얼른 일어나."

"눈도 안 내리는걸요?"

"오늘 밤에 눈 온댔어. 그것도 펑펑."

듣지도 않은 일기 예보까지 지어내며 영서를 채근했다. 영서도 오늘은 간절한 눈빛으로 버티지 않고 내 말을 따라 주었다.

영서를 차에 태우고 일단 출발했다. 히터를 켜도 냉골이던 차 안이 금세 데워질 리 없었다. 영서가 입고 있는 숨 죽은 패딩이 맘에 걸렸다.

"춥지? 조금만 있으면 따뜻해질 거야."

"지금도 따뜻한걸요."

"집이 어디라고 했더라?"

"요 앞 버스 정류장까지만 타고 갈게요."

꼭 집까지 데려다줄 요량으로 물었던 것도 아닌데, 폐가 될까 싶어 앞질러 사양하는 영서를 보니 마음이 편치 않았다.

"바보. 이럴 땐 그냥, 우와 신난다, 그러는 거야."

"우와, 신난다."

담백하기 그지없는 대답에 나는 그만 웃어 버렸다. 호기롭게 말을 뱉어 놓았으니 꼼짝없이 집까지 데려다주게 생겼다.

버스를 타고 다닌다면 이 동네에 사는 것도 아니라는 얘긴데. 게다가 퇴근 시간에 맞물려 길도 적잖이 밀릴 텐데. 오가는 시간이 얼마나 걸릴지를 이 시점에 영서한테 묻기도 좀 그렇다.

차 밀리는 시간도 피할 겸, 기왕 어른 노릇 하게 된 김에 밥이나 먹여 보낼까. 물어보나마나 저녁도 못 먹었을 게 분명했으므로 내 시장기를 먼저 꺼내 보이며 동의를 구했다.

"배고프다. 안 그러니?"

"저는 괜찮은데……."

"넌 괜찮은지 몰라도 난 지금 무지무지 배가 고프거든. 그러니까 동선 정리 좀 해보자. 우선 여기서 가까운 우리 집으로 먼저 가자. 가서 저녁을 든든히 먹고 몸도 좀 녹인 다음에 너희 집으로 가는 거야."

나 자신을 설득하려는 듯 주저리주저리 말이 많아졌다.

"저 진짜 괜찮아요, 선생님. 저기 버스 정류장에서 내릴게요."

손짓까지 해 보이는 영서를 만류하며 말했다.

"나도 진짜 괜찮아. 그리고 우리 집에 아무도 없어."

"왜요?"

"응?"

"왜 아무도 없어요? 지난번에 저랑 동갑인 딸이 있다고 그러셨어……."

"아아, 유리? 학원 갔어. 저녁에 미술 학원 다니거든. 걘 학원에서 거의 살다시피 해. 집엔 밤늦게나 들어와."

"유리……."

"우리 유리 알아? 너랑 같은 학교 다니는데."

영서의 대답은 잠깐 틈을 두었다가 다가왔다.

"잘 몰라요."

'잘'을 붙인다는 것은 알긴 알되 친하지는 않다는 의미일까. 아니면 모른다고 딱 자르기가 미안해서 어렴풋이 대답한 걸까.

영서한테 몇 반인지 물어보려다 말았다. 혹 유리와 같은 반일지언정 무슨 상관이랴 싶었다. 얼마 안 있으면 졸업할 테고, 오늘과 같은 상황이 다시 또 일어나지도 않을 테니 말이다.

"아까는 누구랑 그렇게 열심히 문자했어? 남자 친구라도 생긴 거야?"

차 안에 맴도는 침묵이 어색하고 불편해서 딱히 궁금하지도 않은 것을 물었더니, 영서가 차분히 대답했다.

"엄마한테요."

"아, 엄마."

영서가 엄마하고 따로 산다는 말을 들은 기억이 났다. 어떤 연유인지는 상세히 설명하지 않았고 나도 캐묻지 않았다. 요즘은 드물지 않은, 아니, 생각보다 흔하다고도 볼 수 있는 가족 형태니까. 유리가 제 아빠와는 함께 살지 않듯이.

"난 또. 내가 코앞까지 다가가도 모르기에 남자 친구랑 얘기 중인 줄 알았지."

"남자 친구 없어요."

"귀찮아서 안 키워?"

"아니요."

대답에서 옅은 웃음이 묻어났다. 나도 웃으며 말했다.

"우리 유리가 그러더라고. 남자 친구 그런 거 귀찮아서 안 키운다고."

"귀찮다기보다는……"

"응?"

"좋아지게 될까 봐 도리어 뒤로 물러서는 마음. 더 가까워지지 않으려고 멀어지는, 사라지게 되는……. 그런 마음도 있더라고요."

영서가 가만가만 꺼내 놓은 말들이 아련하도록 깊어서 나는 뭐라 할 말을 찾지 못했다. 어찌 남자 친구한테만 해당되는 마음이랴. 살아가면서 부딪치는 모든 관계에서 외피에다 보호색처럼 두르게 되는 마음일 수도 있을 것이니.

"아무리 그렇다고 해도, 사라지는 것까지는 좀 심하잖아?"

짐짓 가뿐한 어조로 딴죽을 걸었더니, 영서가 웃었다. 소리 없는 웃음이 애잔해 당부도 곁들였다.

"선생님한테는 그러지 마라."

영서한테서는 아무런 대답이 없었지만, 책임지지 못할 말을 해 버렸다는 생각에 살짝 후회가 됐다.

침묵 속에 차가 아파트 단지 안으로 접어들었다.

"다 왔다."

영서가 차창에 이마를 대고 높다란 아파트 건물들을 쳐다보았다.

하루 종일 비워 두었던 집 안도 차만큼이나 서늘해서 들어가자마자 보일러부터 켰다.

"으, 춥다. 이거 입고 있어, 영서야."

소파에 걸쳐 뒀던 내 카디건을 건네자, 영서가 고개를 저었다.

"아니에요, 선생님. 저 하나도 안 추워요. 진짜예요. 이거 입으면 오히려 더 답답할 거예요. 선생님 입으세요."

"할머니 옷 같아서 싫은 건 아니고?"

농담 삼아 건네는 내 말을 영서도 웃으며 받아 주었다.

"조금은요."

등이 시려 카디건은 내가 걸치고, 영서한테는 유리 옷장에서 톡톡한 후드 티를 꺼내다 주었다. 이번에도 극구 사양하는 영서에게 다짐을 놓았다.

"나한테는 그러지 말랬지."

유리 옷을 받아 들며 영서가 말했다.

"고맙습니다."

단지 옷에 대해서가 아니라 내가 건네려는 마음, 좁히려는 거리에 대해서 고마움을 전하는 거라 생각하니 다시금 마음 한쪽이 무거워졌다. 언제나 입이 문제다. 충분한 숙고 없이 마음을 앞서 튀어나와 버리는 말.

영서가 낡은 패딩을 벗고 후드 티를 덧입었다. 후드 티의 발랄한 분홍색이 덧입혀지자 얼굴이 한결 환해 보였다.

"잘 어울린다."

내 말에 영서가 미소 지었다. 유리는 입지도 않는데 너 갖다 입어라, 라고 말하려다 말았다. 새 옷도 아닌데 큰 선심이나 쓰는 듯 말했다가 한창 예민할 여자애 자존심에 스크래치나 낼 것 같아서.

쌀을 씻어 밥을 안치고, 아침에 끓여 놓았던 무국을 데우고, 밑반찬들을 꺼내고, 냉동실에서 굴비도 두 마리 꺼내 구웠다.

소파에 편히 앉아 있으라고 해도 영서는 말을 듣지 않고 곁을 따르며 제 손을 보탰다. 무엇을 해달라고 콕 집어 시키기도 전에 제가 알아서 척척 준비했다. 또래 아이들 같지 않게 주방 일이 익숙한 영서를 보자니 맘이 짠해지려 했다.

영서가 거의 매일같이 도서관에서 늦게까지 시간을 보내다 간다는 걸 알면서도 혹시나 하고 물었다.

"참, 집에 지금 아무도 안 계시지?"

식탁에 수저를 놓던 영서가 멈칫했다.

"아니, 혹시 누구 기다리는 사람 있으면 늦는다고, 밥 먹고 간다고 미리 전화를 드려 놓는 게 좋을 것 같아서."

"아무도 없어요."

"그래, 다들 바쁘지. 요즘은 어느 집이나 그렇더라."

너희 집만 특수한 경우가 아니라는, 어느 가정이나 보편적인 상황이라는, 그러니 위축될 필요도 주눅 들 이유도 없다는 말을 하고 싶은 거였지만, 영서한테 제대로 가닿았는지는 알 수 없었다.

내 속을 더 적나라하게 파헤쳐 보자면 이쯤에서 봉합하고 싶어서인지도 모르겠다. 영서의 삶에 더 이상 개입하고 싶지 않다는 심리가 작용하고 있다는 말이다.

어쩌다 보니 집까지 데려와 밥을 먹이게 되었지만, 꼭 여기까지만이기를 바라는. 오늘을 다시 반복되지 않을 일회성의 일로만 스쳐 보내고 싶다는. 그런 내 마음의 밑바닥을 영서한테 들키지 않고 지금을 넘겼으면 하는.

눈치가 빠한지 영서 또한 나한테 아무것도 묻지 않았다. 영서가 보기에 의아한 점이 없지는 않았을 터였다. 가령 식탁에 의자는 왜 두 개뿐인지, 거실에 응당 걸려 있어야 할 가족사진 액자가 왜 없는지, 따위.

내심 서둘렀던 상차림 끝에 영서와 식탁에 마주 앉았다.

"차린 건 없지만 맛있게 먹자."

"차린 거 엄청 많은데요? 진수성찬이에요."

특별할 것도 없는 밥상이건만 웃으며 말해 주는 영서가 고마웠다. 영서를 데려오지 않았더라면 기껏해야 찬밥이나 데워 한술 떴을 게 뻔했다. 차츰 따뜻해져 오는 실내에서 갓 지은 밥 냄새를 맡으니 유리 생각이 났다.

저녁은 먹었느냐고 문자를 보내자, 'ㅇ' 두 개를 붙인 답이 왔다. '엄마는?' 하고 한번쯤 물어봐 줘도 좋으련만. 서운함을 감추며 영서한테 말했다.

"많이 먹어."

"선생님도요."

끄덕이며 숟가락을 들다 영서를 만났던 두 번째 순간이 떠올랐다. 그날은 영서의 이름을 알게 된 날이기도 했다.

+

선생님.

친근한 부름에 고개를 드니 낯익은 얼굴이 내 앞에 있었다. 며칠 전의 늦은 밤 어린이 열람실 구석에서 마주쳤던 그 애였다.

안녕.

나는 비교적 담담하게 인사를 건넸다.

그날 밤 그 애한테 아무것도 해 주지 못한 게 내내 맘에 걸려 있던 차였다. 제 딴엔 꽤나 매몰차게 거절당했다고 생각한 아이가 도서관에 다시 오지 않을지도 모르겠다는 염려도 없지 않았다.

그런데 내 눈앞에 다시 나타난 아이는 그 밤과는 달리 더 없이 말갰다. 물을 많이 써서 그려 낸 수채화 같은 얼굴로 그 애가 내게 내민 것은 도서관에서 진행하는 프로그램의 신청서였다.

저도 그거 하려고요.

아이가 신청한 '도서관에서 하룻밤'은 토요일 저녁부터 일요일 오전까지 도서관에서 책과 더불어 밤을 보내는 프로그램이었다.

합법적으로 도서관에서 밤을 보낼 방법을 찾아냈구나?

대답 대신 아이가 배시시 웃었다.

나는 아이가 작성한 신청서를 들여다보았다. 주영서, 라는 이름이 제일 먼저 눈에 들어왔다.

영서…….

나도 모르게 읊조렸다. 영서도 나를 따라 했다.

손정애 선생님.

명찰에 박힌 내 이름을 보고 읊는 것뿐인데도 간절한 마음으로 나를 부르는 것처럼 들렸다. 그 밤, 영서의 그 눈빛처럼.

서로가 서로의 이름을 안다는 것, 그리고 기억한다는 것. 모든 관계의 무게는 거기서부터 쌓여가기 시작하는 게 아닐까.

영서가 내 이름을 눈여겨보고 마음에 담는 것.

내가 영서 이름을 알게 되고 기억하게 되는 것.

그날 밤의 일이 그저 스쳐 지나갈 해프닝에 불과했다면, 서로의 이름을 인식하게 된 오늘부터는 좋든 싫든 간에 상대에게 무게를 쌓아 가게 되겠지.

우리 딸이랑 동갑이네.

앗, 진짜요?

반가워하는 영서를 보면서 복잡한 감정이 들었다.

선생님이라 불리지만 영서같이 특정한 누군가에게 선생님 역할을 하기엔 내가 가진 그릇이 너무도 작다. 이곳은 학교도 아니고 나는 도서관의 일개 사서일 뿐. 타자의 무게를 감당하기에는 내가 처한 현실이 버겁다.

그런데 보호자 동의서가 없네?

보호자…… 동의서요?

너도 알다시피 도서관에서 하룻밤을 자는 거라서 보호자 허락이 반드시 있어야 하거든.

영서가 난감한 표정을 지었다.

엄마가 엄하시니? 허락 안 해 주실 것 같아?

아니요.

그럼 왜?

엄마랑 같이 안 살아서요.

'아빠는?' 하고 묻지는 않았다. 예전 같았으면 무심히 그렇게 물어봤을 것이다. 유리 아빠와 따로 살기 전이었다면 말이다.

꼭 엄마 아니라도 어른 동의면 돼. 말 그대로 보호자니까.

네…….

힘없는 대답이 체기처럼 내 가슴에 얹혔다.

프로그램이 진행되는 날까지는 3주 정도 남았으니 아직 여유가 있었다. 그 안에 엄마를 만나기만 하면 동의서를 받는 일쯤 그리 어려운 일은 아닐 것이다. 하지만 엄마를 만나는 일 자체가 불가능하다면?

걱정스런 의문을 애써 지우며 나는 생각했다. 누구든 같이 사는 어른이야 있을 테지, 하고.

일단 접수는 해 놓을 테니까, 동의서 받아서 프로그램 전날까지만 갖고 와.

영서한테서 확답은 듣지 못했다. 대출하려는 책 무더기를 품에 안고 기다리는 사람 뒤로 영서가 물러나야 했기 때문이었다.

예약 도서를 비롯한 몇 건의 대출을 더 처리하고 나니, 그새가 버렸는지 영서는 보이지 않았다.

　　　　　　　　　+

"엄마랑은 문자 자주 하니?"

살만 발라낸 굴비를 영서 밥 위에 얹어 주며 지나가는 말처럼 물었다.

"아니요."

"일하느라 많이 바쁘신가 보다."

사흘 앞으로 다가온 '도서관에서 하룻밤' 프로그램을 걱정하고 있는 듯 영서가 가만히 끄덕였다.

"그럼 아직 못 만났겠구나."

"네."

"동의서 말씀은 드렸고?"

대답이 없는 걸로 봐선 아까 벤치에서 문자를 주고받을 때도 엄마한테서 긍정적인 답을 듣지 못했던가 보았다.

"엄마가 먼 데 계신가 보다."

영서는 그저 끄덕이기만 했다.

"엄마도 많이 힘드실 거야. 시간을 내지 못해 속도 많이 상하실 거고."

"……네."

영서는 겨우 대답하고는 숟가락 가득 밥을 퍼서 입에 넣었다.

"그래도 서운하지?"

밥을 물어 두 볼이 빵빵해진 채로 영서가 미소 지었다. 아니라고 하지 않는 마음속에 깊이 파여 있을 외로움의 우물이 보이는 듯했다. 엄마를 네가 이해해야지, 라고 말하지 않길 잘했다.

힘들 때, 속상할 때, 외로울 때, 이해를 강요하는 말은 하등의 도움도 되지 않는다는 걸 안다. '힘들지?' 하고 공감해 주는 마음이 훨씬 더 위로가 된다는 것을.

통통한 굴비 두 마리를 오롯이 영서 몫으로 밀어 주었다. 지금 내가 할 수 있는 아주 조그만 최선이 그것뿐이었으므로. 영서를 위해서라기보다는 나 자신을 위한 위안일지도 모르지만, 그마저도 안 하는 것보다야 나을 거라 생각하면서.

내 선에서 해 줄 수 있는 아주 조그만 최선을 또 한 가지 찾아냈다. 갑자기 떠오른 생각이었지만 영서한테는 반짝이는 기쁨일 수 있을 터였다.

"보호자 동의서에 사인, 내가 해 주는 건 어떨까?"

영서의 두 눈이 동그래졌다.

"선생님이요?"

"생각해 봤는데, 보호자 동의서를 필수로 받는 이유가 혹시라도 생길지 모를 만일의 경우에 대비한 지침이니까, 도서관에서 보내는 1박 2일 동안 네가 만일의 경우를 만들지만 않으면 별문제 없을 것 같거든."

"절대로요! 절대로 만일의 경우 같은 거 만들지 않을게요, 선생님."

"약속할 수 있겠어?"

"그럼요. 저한테 도서관은 파라다이스인걸요. 파라다이스에서 쫓겨날 짓을 왜 하겠어요. 선생님이 곤란해질 일은 절대 안 할게요. 약속해요, 선생님. 100퍼센트 믿으셔도 돼요."

반짝이는 눈으로 말하는 영서에게 웃음을 섞어 말했다.

"사서 인생 20년에 도서관이 파라다이스라는 학생은 처음 본다."

"도서관 인생 9년에 밥 챙겨 주시는 사서 선생님도 처음인걸요?"

환하게 웃는 영서를 보며 나도 활짝 웃었다.

영서와의 저녁 식사가 거의 끝나 갈 무렵이었다.

현관 도어 록 비밀번호를 누르는 소리에 영서가 숟가락질을 멈추고 나를 보았다. 조금 놀란 눈빛이었다. 나도 마찬가지였다. 비밀번호를 누르고 집에 들어올 사람이라곤 유리밖에 없지만 아직은 올 시간이 아니었다.

예상치 못한 상황에 나는 난처한 기분을 숨기며 식탁에서 일어났다.

"엄마!"

목소리가 먼저 날아들었고, 영서가 어정쩡하게 몸을 일으켰다.

"으. 냄새."

생선 비린내를 싫어하는 유리가 짜증스레 내뱉으며 단숨에 주방으로 와서는 나와 영서를 번갈아 보았다.

"이건 또 무슨 시추에이션?"

불쾌감을 고스란히 드러내는 유리 때문에 영서 보기가 민망했다.

"인사해, 유리야. 엄마 친구야. 도서관 친구."

변명이라도 하듯 말하자, 유리가 코웃음을 쳤다.

"엄마 친구가 아니라 내 친구겠지."

"둘이 아는 사이야?"

내 물음엔 아랑곳없이 유리가 영서한테 직접 물었다.

"너 1학년 때 나랑 같은 반이었잖아. 기억 안 나?"

"기억 나."

건조하다시피 짧은 대답이 지금 영서의 심경을 설명해 주는 것만 같았다. 대화의 초점을 유리 쪽으로 돌리려고 물었다.

"근데 유리 너 왜 벌써 왔어? 학원 안 갔어?"

"갈 거야, 학원. 잠깐 뭐 좀 가지러 왔어."

"밥은?"

"먹었다고 아까 말했잖아. 엄마는 만날 했던 말 또 하고 또 하게 만들어? 귀찮아 죽겠어, 정말."

유리가 평소처럼 마음 놓고 부려 대는 짜증조차 오늘은 난감했다. 영서가 보고 있어서다. 마음껏 투정 피울 엄마가 멀리 있어 만나지 못하는 아이 앞이라서.

"냄새 때문에 머리가 지끈거려. 창문 좀 열어."

그러고선 거실로 나가려던 유리가 획 되돌아섰다. 유리의 시선이 영서한테 꽂혔다. 나야말로 골치가 아파 오려 했다. 이제부터 유리가 하려는 말이 무엇일지 듣지 않아도 빤했다.

"그거 내 옷 아냐?"

사뭇 공격적인 질문을 받은 영서가 어찌 할 바를 모르겠다는 얼굴이 되어 작게 중얼거렸다.

"미안해."

유리가 나를 쏘아보았다. 설명을 기다리는 눈빛이었다.

융통성도, 배려도 없는 것 같으니라고. 속에 치미는 불만이 한숨에 실려 나왔다.

"집이 너무 추워서 잠깐 입고 있으라고 엄마가 꺼내 줬어."

"엄마는 왜 내 옷을 함부로 꺼내 줘? 허락도 없이. 아무리 딸이라도 그럼 안 되는 거 아냐?"

"얘가 지금 뭐라는 거야?"

"못 들었어? 왜 남의 옷을 함부로 꺼내다 입히는 거냐고. 자기 옷도 아니면서 준다고 덥석 입는 사람은 또 뭐야. 거지야?"

얼굴이 화끈거렸다. 영서는 누구에게도 눈길을 주지 않은 채 식탁 위만 내려다보며 서 있었다. 나는 유리 팔을 잡아끌고 거실로 나왔다.

"너 저 옷 입지도 않잖아."

"아껴 둔 거야!"

기가 막혀 말문까지 막혀 버렸다. 색이 너무 튀네, 어쩌네, 불만을 표할 땐 언제고 이제 와서 아껴 둔 거라니. 억지도 이런 억지가 없었다.

붙잡은 팔 그대로 유리를 방으로 데리고 들어왔다. 방문을 닫고도 음성을 낮춰 말했다.

"유리야, 제발."

"제발 뭐."

"사과해."

"내가 뭘 잘못했는데 사과를 해?"

"너 정말 이럴래?"

"내가 뭘 어쨌다고 그래?"

"엄마 친구라고 했잖아. 네 말마따나 네 친구이기도 하고. 우리 집에 온 친구 앞에서 이래도 되는 거야, 너?"

"엄마는!"

"엄마가 뭘?"

"엄마는 엄마 맘대로 아빠 쫓아냈잖아."

"뭐⋯⋯?"

"엄마 집이기만 해? 내 집이기도 해. 아빠 집이기도 하고. 근데 엄마는 엄마 맘대로 우리 집에서 아빠를 내보내 버렸잖아. 나한테는 물어보지도 않고 엄마 생각대로만 했잖아. 근데 왜 나만 사과해야 돼? 엄마는 나한테 사과 안 하면서 왜 나만 해야 되는 거냐고!"

앙칼지게 퍼붓고 난 유리가 방문을 쾅 닫고는 나가 버렸다.

그런 게 아니라고, 네가 잘 모르는 부분도 있다고, 그러니까 네 생각에는 오해가 섞여 있다고, 왜 다잡아 말하지 못했을까.

자책에 이어 원망이 몰려들었다. 원망은 두 가지 빛깔이었다. 남편을 향한, 그리고 엄마의 마음결을 짚어 보려 애쓰지 않는 딸에 대한.

다리에 힘이 빠져 침대에 주저앉고 말았다. 신열이 오르듯 이마가 뜨거웠다.

"선생님."

문 밖에서 영서가 나를 불렀다. 나지막하고도 조심스러운 목소리였다. 유리가 나간 지 10여 분쯤 지난 뒤였다. 어수선한 마음을 가다듬고 일어나 방문을 열었다.

"죄송해요, 선생님. 괜히 저 때문에……."

죄라도 지은 사람 같은 영서의 태도에 내가 더 미안했다.

"아니야, 네가 뭘. 우리 유리가 다른 일로 요즘 많이 날카로워져 있어서. 기분 나빴지? 그래도 영서 네가 이해를 좀 해 줬으면 좋겠다."

"저는 괜찮아요, 선생님. 정말 아무렇지도 않아요. 친하지도 않은 애가 내 옷을 입고 있으면 저라도 기분 상했을 거예요."

그러고선 영서가 옷가게 진열품처럼 반듯이 갠 유리의 후드 티를 내게 건넸다.

"덕분에 따뜻했어요, 선생님. 유리한테 정말 미안하다고 전해 주세요."

"내가 미안해. 입지도 않는 옷인데 걔가 괜히……."

"선생님."

산뜻한 부름에 영서와 눈을 맞추었다. 반짝이는 눈망울로 영서가 말했다.

"저요, 오늘은 '파라다이스에서 하룻밤'만 꿈꿀 거예요."

"파라다이스에서, 하룻밤."

영서가 끄덕였다.

영서 표현대로 도서관을 파라다이스로 치환해 놓으니, 아름다운 지상 낙원의 섬으로 긴 휴가 계획이라도 세워 둔 것 같은 기분이 들었다.

하늘은 투명하도록 새파랗고, 흰 구름은 탐스럽게 뭉게뭉게. 바람은 밤낮으로 다정하고, 비췻빛 바다는 사시사철 평온하고. 오감을 유혹하는 음식들이 지천에다, 해먹에 몸을 싣고 책을 읽다가 언제라도 달콤한 낮잠을 누리는. 모든 관계의 무게를 떨치고 오로지 나 자신에게 집중하며 실컷 게으른.

내게 있어 파라다이스는 그런 시간, 그런 장소가 아닐까. 파라다이스에서, 나도 나만의 하룻밤을 보냈으면. 심장을 짓누르는 것들은 모두 다 잊고서.

"나도 오늘은 그래야겠다. 너처럼."

웃음 고인 눈을 빛내며 영서가 물었다.

"선생님의 파라다이스는 어디예요?"

"음…… 혼자 떠나온 열대의 섬?"

"혼자요?"

"응. 제멋대로 성질부리는 딸내미 없이, 아름다운 열대의 섬으로 날아가 나 혼자만의 시간들을 마음껏 누리는 거지."

유리와의 일을 털어 내려 무슨 모의라도 하듯 말하자, 영서가 입가에 미소를 머금은 채 가만가만 끄덕였다. 그렇구나, 하고 다짐하듯 뇌이기도 했다. 어려운 문제를 풀기 위한 실마리라도 찾은 것 같은 표정이었다.

나로서는 아무도 모르는 비밀을, 그리고 나조차도 인지하지 못하고 있던 내밀한 소망을 영서한테만 털어놓은 듯한 느낌이었다. 나는 짐짓 목소리를 낮춰 청했다.

"유리한테는 비밀이다?"

"돌아오겠다고 약속만 하신다면요."

영서가 내건 조건이 가슴을 헤집었다.

"그럼. 당연히 돌아오지. 왜냐하면……."

"왜냐하면요?"

"나는, 엄마니까."

영서 얼굴이 환해졌다. 꽃이 피어나듯, 지금까지 봐 왔던 그어느 때보다도 더.

차에서 내린 영서가 후미진 골목길 안으로 총총걸음을 했다.

나는 곧장 차를 출발시킬 수가 없었다. 영서가 들어간 길은 아무리 봐도 일반적인 주택가는 아니었다. 상가 건물 위층에 세 들어 살고 있을 거라고 생각도 해보았다. 하지만 골목 너머를 살피는 내 두 눈에 어떤 모텔의 상호가 낙인처럼 들어와 박혔다.

파라다이스

"파라다이스……."

영서의 파라다이스는 도서관인데. 설마 저긴 아니겠지.

조마조마한 마음으로 지켜보고 있는데, 영서가 그 건물 안으로 들어갔다.

나는 고민했다.

첫째. 영서를 뒤따라 저 곳으로 들어가서 어떻게 된 사연인지 알아낸 다음, 어른으로서 당연히 해야 마땅하며 적절할 후속 행동을 취한다.

둘째. 모른 척, 아무것도 못 본 척, 이대로 차를 돌려 충분히 따뜻해져 있을 집으로 돌아간다.

고민은 그리 길지 않았다.

만약 유리였다면. 그랬다면 모른 척, 못 본 척 한 채로 그냥 지나갈 수 있겠어?

내 안에서 강렬히 솟구치는 목소리 때문이었다.

나는 골목 안쪽으로 차를 몰았다.

말이 모텔이지, 지은 지 수십 년은 넘은 듯 허름하고 음침한 건물로 들어서자마자 퀴퀴한 곰팡내가 풍겨 왔다. 어둑어둑한 계산대에는 70대의 노파가 앉아 있었다.

"방금 이리로 여학생 하나 들어왔죠? 그 애 혹시 여기서 지내는 거예요?"

"댁은 누구요?"

"저요?"

나를 누구라고 말해야 좋을지 모르겠다. 영서의 호칭대로 선생님이라고 대답하면, 상황을 완벽히 마무리 짓지 않고는 물러날 수 없을 터였다. 뿐만 아니라 사후 대책까지 마련해 주어야 한다.

하지만 나는 영서의 '선생님'이 아니다. 영서를 공식적으로 책임질 위치에 있지도 않고, 그래야만 할 의무 같은 것도 없다. 무엇보다도 현재 내가 처해 있는 상황이 훨씬 무겁다. 그러므로 영서라는 아이는 내 능력 밖의 일.

"그냥 좀 아는 사람인데요."

진흙탕에서 한 발을 빼듯 겨우 대답하면서 마음 한구석에 죄책감 비슷한 것이 똬리를 틀었다. 틀린 말도 아니잖아, 애써 생각해 보았으나 찜찜한 마음은 여전했다.

"난 또, 피붙이쯤 되나 했네. 그냥 좀 아는 사람이 학생은 왜 찾아?"

"저기, 그게……. 설마 그 애 혼자 여기 머무는 건 아니죠?"

"전엔 엄마하고 같이 있었지."

과거형의 답이 마음을 짓눌렀다.

"지금은 애 혼자 있다는 말씀이세요? 어린애를, 더구나 여자애를 이런 데서 지내게 두면 안 되는 거 아닌가요?"

"그럼 이 엄동설한에 애를 내보내라?"

대답이 궁했다. 책임지지도, 도와주지도 못할 거면서 도대체 무슨 상관이냐는 질책처럼도 들렸다.

"제 엄마 기다린다는데 어쩌겠어? 정 걱정되거든 밀린 방값이나 보태 주고 가던가."

막다른 벽 앞에서 빠져나갈 통로를 열어 주는 것만 같은 기분이었다. 나는 지갑에 든 현금을 모조리 꺼내 노파에게 건넸다. 그래 봐야 10만 원을 조금 넘기는 정도였다.

"지금 가진 게 그거밖에 없네요."

변명하듯 말하고는 막 돌아서려는 내게 노파가 말했다.

"연말까지만 기다릴 거래. 그때까지도 안 오면 고모네로 가겠다고."

비로소 한시름 놓였다.

그래, 연말까지만. 얼마 되지 않는 그 기간 동안만 멀리서 지켜보자. 그때까지만 못 본 척, 모르는 척 하고 있자. 영서도 그걸 더 바랄 테니까.

도망치듯 모텔에서 나오니, 차디찬 공기가 얼굴로 엄습했다. 영하의 칼바람에 눈이 시릴 지경이었다. 서둘러 차에 올라 시동을 거는데, '그렇지만'을 앞세운 또 다른 목소리가 내 안에서 메아리쳤다.

그렇지만, 연말까지만. 지금부터 얼마 되지 않는 그 기간 동안만이라도 가까이에 두면 어떨까. 못 본 척, 모르는 척만 하지 말고 집으로 데려와 머물게 하면.

핸드폰 알람 소리가 내 고민을 깨뜨렸다.

엄마, 어디 있어?

답을 보내기도 전에 유리의 문자가 연이어 도착했다.

미안……

눈시울이 뜨거워졌다.

나는 결심이라도 하듯 내비게이션 화면에서 '우리 집'을 눌렀다. 차가 빠른 속도로 영서의 파라다이스에서 멀어졌다.

5.

메리 크리스마스

그날 오후.

네가 나를 봤을 때, 나는 엄지와 검지로 단추를 만지작거리고 있었어.

교복 셔츠에서 떨어져 나온 조그맣고 투명한 단추였지. 아침부터 불안하게 달랑거리던 것이 체육복을 갈아입으려던 순간 기어코 떨어져 버린 거야.

등이 몹시 차가웠어. 학교 도서실 제일 안쪽 구석의 벽에 숨듯이 기대어 앉아 있었거든.

책장이든 벽이든 어딘가에 아무도 모르는 비밀의 문이 있어, 그 속으로 숨어들었으면 좋겠다고 생각하던 참이었어. 모두가 나를 걱정하도록 영영 사라져 버렸으면 좋겠다고.

그러던 중에 너랑 눈이 마주치고 만 거야. 가슴팍에 책 몇 권을 껴안은 채 책장과 책장 사이로 들어오던 네가 나를 알아보고는 걸음을 멈추었던 거야.

나는 너를 못 본 척 했지만, 너는 그러지 않았어. 곧장 나한테로 다가왔잖아.

내 앞에 가지런히 놓인 네 두 발을 노려보았어. 네가 신고 있던 슬리퍼는 분홍색 선들이 닳아 없어지기 직전이었어. 앞 부리가 해진 양말은 조만간 발가락들이 비어져 나올 것만 같았고.

이상하지.

그때 내 눈에 보이던 너의 낡은 슬리퍼와 해진 양말이 뾰족하게 돋아나려던 내 맘속의 가시들을 얼마쯤 누그러뜨렸으니 말이야. 건드리지 마, 하고 앙칼지게 소리치려는 마음을.

"김소란?"

확인하듯 네가 내 이름을 불렀어.

사실, 네가 내 이름을 알고 있다는 게 의외이긴 했어. 한 반이었다고는 해도 우린 1년이 다 지나가도록 의미 있는 대화를 나누어 본 적이 없는 사이였잖아.

나는 대답하지 않았어. 네가 그랬듯이 네 이름을 마주 부르지도 않았고. 물론 나도 네 이름 정도는 알고 있었어.

"달아 줄까?"

너는 마치 허락이라도 구하는 것 같은 말투로 물었어.

단추 얘기를 하고 있다는 걸 알았지만, 난 무슨 소릴 하는 건지 못 알아들은 척 고개 돌려 널 외면했어.

그러자 네가 변명처럼 말했지.

"서랍에 반짇고리가 있어. 빵 샘 거긴 한데, 써도 돼."

나도 모르게 고개를 들고 말았어.

"빵 샘?"

다분히 시비조로 묻기까지 해 버렸지. 기분 나빠서 그랬던
건 아니야. 실은 웃음이 나려고 했거든. 웃음을 감추려다 보니
까 말이 삐딱해진 거야.

너도 알다시피 우리 학교엔 사서 선생님이 따로 안 계시잖
아. 그래서 네가 말하는 '빵 샘'이 누구를 가리키는지, 왜 그렇
게 부르는지 나도 짐작할 수 있었어.

너는 조금 웃었어. 국어 선생님에 관해서 나하고 사소한
험담이라도 나눠 가진 것처럼 살짝 비밀스러운 빛깔의 웃음
이었지.

너한테 미안해해야 할지 어떨지 잘 모르겠는데, 네가 웃는
얼굴을 보는 건 그날이 처음이었어.

솔직히 말하면, 나는 네가 좀 불편했어. 너를 잘 알지도 못
하면서 말이야.

너한테서 풍기는 초월적인 단정함 같은 것이 묘하게 거슬렸
다고나 할까. 넌 언제나 여기가 아니라 너만 혼자 어딘가 다른
세계에 가 있는 것만 같았거든.

언제나, 라는 말은 틀렸는지도 몰라. 관심도 없는 너를 내가
언제나 주시하고 있었던 건 아니니까.

눈에 띌 때마다, 라고 말하는 게 낫겠네. 그러니까 너는 내 눈에 띌 때마다 그래 보였어.

단짝 친구나 같이 다니는 아이들도 없고. 그래서 급식도 늘 혼자 먹고, 화장실도 혼자 가고. 그러면서도 넌 조금도 연연해하지 않는 듯한 분위기였지.

그날도 크게 다르진 않았어. 너는 친하지도 않은 내 앞에서 국어 선생님의 우스꽝스러운 실수를 별명 삼아 태연히 부르고 있었으니까.

"방귀 한 번에 빵 샘이라니, 국어 샘 들으면 난리 나겠다."

"재미있어 하시는데?"

"진짜?"

"응, 근데 샘은 자기가 원래 빵을 좋아하니까 빵 샘인 거로 하재."

네 말을 듣고서 나는 그만 웃어 버렸어. 풋, 가볍게 터지는 소리까지 내면서 말이야.

이미 터져 버린 웃음을 주워 담진 않았어. 그 순간에는 내내 암담하던 내 마음 어딘가에 조그만 숨구멍 하나가 생긴 것 같았거든.

너는 끌어안고 있던 책들을 제자리에다 착착 꽂아 두고는, 도서실 입구의 책상 서랍에서 꺼내 온 반짇고리를 들고 다시 내게로 왔어. 그리고 내 앞으로 한 손을 내밀었어.

난 잠시 착각했지 뭐야. 네가 내 손을 잡아 일으켜 주려는 줄 알았던 거야. 단추는 오른손에 쥔 채 얼결에 왼손을 올렸어.

네 손과 내 손이 닿을 듯 말 듯 하던 찰나, 네가 다시금 웃었어.

"단추 달라고."

그렇게 말할 때 네 입가엔 엷은 웃음이 그대로 묻어 있었어. 핀잔이랑은 거리가 멀었어. 오히려 언니 같았다고나 할까. 많이는 아니고 한두 살쯤 많은.

나쁜 징조처럼 내 손에 머물러 있던 단추가 너한테로 건너 갔어. 만약 유리였다면 떨어진 단추 하나 가지고 징조 운운한 다며 대놓고 나를 흉볼지도 모르겠지만, 그때 내 맘은 그랬어.

너라면 어땠을까?

내 셔츠에서 때마침 떨어져 나간 단추가 우리 가족의 파국을 예고하는 것처럼 느껴졌다고 말한다면.

그런 말을 들었을 때의 너라면 내 앞에서 어떻게 반응했을까?

굳이 입 밖에 내어 물어보진 않았어. 그럴 필요도 없었고, 너한테 우리 집 이야기를 해 줄 마음도 없었으니까.

"체육복 입고 있을래?"

네가 권했고, 나는 네 말대로 했어.

가방에서 체육복을 꺼내고 재킷을 벗을 때, 너는 나한테서 뒤돌아 서 있었어. 내가 셔츠 대신 체육복으로 갈아입는 동안 아마 너도 아까의 나처럼 내 단추를 만지작거리고 있었겠지.

그때 나, 잠깐 소망했던 것 같아. 내 단추가 지닌 불길함이 너한테로 옮아 가기를.

나쁘지.

나도 알아, 나쁘다는 거.

하지만 뭐 어때. 내가 무슨 마녀인 것도 아니고, 되돌릴 수 없을 마법의 주문을 왼 것도 아닌데.

그런 생각쯤 누구든 품을 수 있는 거잖아. 네가 듣도록 말해버린 것도 아니니까. 그냥 잠깐 스쳐 간 소망일 뿐이니까. 단추는 단추일 뿐이니까.

"앉아도 돼?"

내 셔츠를 받아 든 네가 물었어.

"뭘 그런 걸 물어봐?"

나는 짐짓 퉁명스레 대꾸하곤, 내 옆에 놓여 있던 가방을 반대쪽으로 옮겨 네 자리를 만들었어.

내 옆에 앉은 너한테서 특이한 냄새가 났어. 정확히는 네 머리카락에서 나는 냄새였다고 생각해. 네가 내 쪽으로 고개를 돌렸다 앞으로 되돌아갈 때마다 머리칼이 흔들렸는데, 바로 그때 그 냄새가 났거든.

익숙하진 않았지만 코를 틀어쥐어야 할 만큼 거슬리는 냄새는 분명 아니었어. 그래서 너한테 물었어. 난 순수하게 궁금했을 뿐이니까.

"무슨 샴푸야?"

바늘에 실을 꿰다 말고 네가 날 돌아봤어. 의아하다는 눈빛이었어.

"무슨 샴푸 쓰냐고."

너는 애매한 미소를 지었어. 그러고는 무심한 듯 대답했어.

"나 샴푸 안 써."

"샴푸가 아니라고? 그럼 뭔데?"

"비누."

"특별한 비누야?"

"응, 특별한 비누야."

그러고서 너는 나를 향해 웃음 지어 보였어. 단추 달라고 말할 때 짓던, 묘하게 언니 같은 웃음이었어.

그러고 보니, 그날 넌 나한테 1년 치의 웃음을 다 보여 주었던 것 같네.

그 특별한 비누가 도대체 뭐냐고 캐묻진 않았어. 그 정도로 궁금하진 않기도 했고, 네가 더 말하고 싶어 하지 않는 것 같기도 했으니까.

무엇보다도 너하고 나는 옆구리를 간질여 끝내 대답을 받아 낼 만큼 친밀한 사이도 아니잖아? 유리였다면 몰라도.

어쩌면 나만의 생각일지도 모르지. 유리에 대해서 말이야. 유리한테는 나 말고도 친한 친구들이 많으니까. 나랑 있을 땐 내가 둘도 없는 단짝 친구인 듯 굴지만, 다른 애랑 있을 땐 온통 그 애한테만 집중하는 게 유리거든.

그런데도 유리가 좋으냐고? 가장 가까운 친구라고 여기느냐고? 이렇게 힘들 때 제일 먼저 생각나는 애가 어째서 꼭 유리여야 하는 거냐고?

있지…… 그런 건 논리로 설명할 수 있는 부분이 아니야. 논리를 앞서는 무언가가 있단 얘기야. 우리 엄마처럼 너도 이해

할 수 없단 표정으로 고개를 설레설레 저을지도 모르겠지만, 유리에 대해서라면 나도 어쩔 수가 없어.

너와 같이 도서실 구석진 바닥에 앉아 있던 그날, 내가 아닌 다른 친구랑 즐겁게 웃고 있을 유리를 상상하는 게 마음 쓰라릴지라도 말이야.

너는 실 끝에 매듭을 지은 다음 내 셔츠에다 단추를 달기 시작했어. 능숙하다기보다는 아주 찬찬한 솜씨였어. 한 땀 한 땀 최선을 다하는 손길이라고 할까.

"단추 담당이야?"

내가 묻자, 너는 단추에다 눈을 둔 채로 되물었어.

"응?"

"너희 집에서 네가 단추 담당이냐고."

"응, 아마도."

"우리 엄만 세탁소에 맡기는데."

"우리 엄만 나한테 맡겨. 보시다시피 내가 쫌 잘 하잖아?"

네 목소리가 줄곧 경쾌해서 뭔가 속은 것 같은 기분이 들었어.

왜 그런 거 있잖아. 슬플 땐 슬픈 노래들만 찾아 듣게 되고, 우울할 땐 우울한 영화가 더 당기는 거.

그날의 난 네가 나를 위한 슬픈 노래고, 우울한 영화라고 생각했었나 봐. 그래서 친하지도 않던 너와 대화를 트고 내 옆자리를 기꺼이 내어 준 거라고.

그런데 내 예상을 뒤엎는 너를 보니까 마음이 미묘하게 틀어지는 거야. 가시들이 다시 돋아나려 하는 거야.

너한테 나를 자극할 만한 저의가 있었다고는 생각하지 않아. 네가 그런 부류의 아이는 아니라는 것도 알고.

다만 나는 내가 왜 평소에는 잘 가지도 않던 도서실 구석에서 쪼그리고 앉아 있었는지를 새삼 되새기게 되었던 것 같아.

"다 됐다."

그러면서 네가 내민 내 셔츠를 나는 다소 거칠게 잡아당겼어. 너의 산뜻한 말투가 여전히 거슬렸던 거야. 그깟 단추 하나 달아 준 걸로 무슨 생색이라도 내듯 뿌듯한 얼굴을 하고 있는 것도 왠지 기분 나빴어.

"왜 그래?"

한결 조심스러워진 목소리로 네가 물어 왔어.

"뭘?"

난 새침하게 대꾸했고.

너는 조금 틈을 두었다가 말했지.

"내가 뭘 잘못했나 싶어서."

풀죽은 모습으로 반짇고리를 매만지고 있는 너한테서 나를 봤어. 조바심치며 엄마와 아빠를 바라보던 내 모습을. 나한테 잘못이 있는 건 아닐까, 끊임없이 생각하고 또 생각하던 나를.

"잘못한 거 없어."

너도, 그리고 나도.

"나 때문에 뭔가 마음 상한 것 같아서."

"그런 거 아니야."

"진짜?"

"그렇다니까."

"소란아."

"응?"

"사실은 나 단추 처음 달아 봐."

네 말을 듣고 난 그만 웃어 버렸어.

"그러니까 밉게 달았더라도 이해해 줘."

나는 네가 달아 놓은 단추를 들여다봤어. 원래 달려 있던 다른 단추들이랑 비교해 봐도 그다지 튀진 않았어. 당연히 미워보이지도 않았고.

"이만하면 처음 치고는 잘했는데, 뭘."

"엄마 얘기도 거짓말이었어."

나는 그제야 너를 돌아봤어. 납작한 반짇고리를 매만지며 네가 말을 이었어.

"우리 집에 엄마 없어."

난데없는 너의 고백 때문이었을 거야. 목을 뚫고 오래 참고 있던 울음처럼 울컥 올라와 버린 내 말은.

"우리 엄만 이혼할 거래."

너는 놀라지 않았어. 그런 일쯤 대수롭지도 않다는 듯 그저 가만히 끄덕였어.

유리였다면 화들짝 놀라며 동정과 연민의 눈빛으로 나를 바라봤겠지. 내 어깨를 토닥여 주며 이런저런 위로의 말들도 건네주었겠지.

어느 쪽이 나한테는 더 편안할까. 유리한테는 아직 말하지 않았지만, 적어도 그땐 네가 보여 준 반응이 나를 편안하게 만들었던 것 같아.

네가 먼저 꺼냈던 말, 집에 엄마가 없다는 그 말이 그날의 너랑 나 주위에 배경 음악처럼 깔려 있어서였는지도 모르겠어.

나는 제자리에 단단히 달려 있는 단추를 손끝으로 더듬으며 말했어.

"그 와중에 둘 다 나를 키우겠다고 싸워."

"둘 다 널 못 키우겠다고 싸우는 것보다는 낫네, 뭘."

푸시시 웃음이 났어. 틀린 말도 아닌데다, 네 말투가 흔하디흔한 일상의 일을 이야기하는 것 같이 들렸거든. 세상 어디에서나 있을 법한, 누구에게나 일어날 수 있는 그런 일들 말이야.

나는 흔쾌히 동조했어.

"그건 그렇지."

생각에 잠긴 듯 약간 시간을 두었다가 네가 물었어.

"너는?"

"나? 나 뭐?"

"너는 누구랑 살고 싶은데?"

"나는…… 모르겠어."

"있잖아."

응, 하고 대답하는 대신에 너를 돌아봤어. 너는 올려 세운 무릎에다 턱을 얹고서 네 발끝에 시선을 둔 채로 조곤조곤 말을 이어 갔어.

"이런 말 지금 너한테 힘이 될지 어떨지는 모르겠는데, 나는 네가 부러워. 왜냐하면…… 그래도 너는 선택이라도 할 수 있으니까."

"선택……."

"널 사랑하는 두 분 사이에서."

"날 사랑하는?"

정말 날 사랑한다면 이런 상황까지는 몰고 오지 말았어야지. 나를 위해서 서로 조금씩만 더 참아 줬어야지. 이혼이라는 말 내가 듣지 못하게 사이좋은 척이라도 했었어야지.

가슴속에 그런 원망의 말들이 맴돌면서 눈시울이 뜨끈해져 올 때였어.

"난 애초에 선택지가 하나밖에 없었는데, 유일한 그 사람마저 어느 날 갑자기 사라져 버렸어."

"사라져 버렸다는 건, 돌아가셨다는 뜻이야?"

"아니, 나만 내버려 두고 혼자 떠나 버렸다는 뜻이야."

"……엄마?"

"응."

나는 뭐라 할 말을 찾지 못했어. 놀라움을 감추는 것만도 힘겨웠지. 그래서 난 그냥 입을 꾹 다물고 있었어. 나오려던 눈물도 쏙 들어가 버렸고.

돌아가셔서 곁에 없는 것과 버리고 떠나 버린 것. 둘 중에 더 못 견디겠는 건 어느 쪽일까?

나라면 차라리 전자이길 바랐을 거야. 친구들한테서 순수한 위로라도 받을 수 있도록 말이야.

딸을 버리고 도망간 엄마라니, 너무 치욕적이야. 유리한테 는 그런 얘긴 아마 입도 못 뗄 거야. 비웃을지도 모르니까.

"난 지금 모텔에 살아."

"모텔?"

난 깜짝 놀라 되물었어. 너를 보는 내 두 눈도 휘둥그레졌을 거야. 다행히도 넌 발끝만 내려다보는 그 자세를 그대로 유지 하고 있었지.

"왜 거기서 사는데?"

"엄마를 기다리고 있어."

"다른 데서 기다리면 안 돼?"

좀 더 안전한 곳, 좀 더 환한 곳, 좀 더 따뜻한 곳에서.

"내가 거기 있어야만 엄마가 돌아올 것 같아서. 아파서, 마음이 너무 아파서 더는 못 견디고 돌아오게 될 것 같아서. 엄마가 가르쳐 준 대로 고모네 집에 가 있으면……. 그럼 엄마 마음이 덜 아플 테고, 그러면 엄마 얼굴을 다시는 못 보게 될 것 같아서."

난 입을 다물고 말았어. 상상조차 할 수 없는 상황을 남의 이야기하듯 담담히 말하는 너를 물끄러미 보고만 있었지.

지금 와서 돌이켜 보면, 그때 난 네가 한 말들을 감당하기가 버겁고 부담스러웠던 것 같아.

너로서는 나를 위로해 주기 위해서 꺼내 놓은 말들일 테지만, 도리어 내가 너를 달래 주어야 마땅할 것 같았거든. 그런데 그날의 난 그럴 만한 여유가 없었어.

누구든 자기 손톱 아래 박힌 가시가 가장 크고 아프다고 하잖아. 그때의 난 내 안의 가시가 너무 깊고 아파서 너를 위로하기 힘들었어.

무엇보다도 난 그토록 극적인 상황에 익숙하지 않아.

물론, 그날의 내게 너라는 존재가 위안이 되었던 건 사실이야. 엄밀히 말하자면, 너라는 애 자체가 아니라 네가 나한테 털어놓은 끔찍한 상황들이.

어쩔 수 없이 상대적으로 너랑 나를 비교하게 되었거든. 너보다는 내가 열 배는 더 낫다고 생각하기도 했어.

이혼을 코앞에 두고 있긴 해도, 우리 엄마 아빠는 아직 나를 사랑하고 있으니까. 둘 중 누구도 나를 버리려 들진 않으니까. 그리고 어쩌면 나를 위해서 두 사람이 마음을 바꿔 먹을지도 모르니까.

그런 생각이 들자 빨리 집에 가고 싶다는 마음이 들었어. 상상조차 할 수 없던 구질구질한 이야기는 그만 듣고 싶다는 생각까지 들었는데, 그런 나 자신에게 흠칫 놀라기도 했어.

그래서일 거야.

"나랑 도서관에 갈래?"

너의 그 권유를 단박에 저버리지 못한 것은. 썩 내키진 않으면서도 솔깃한 척 너를 따라나선 것은.

바깥은 어느새 저녁이었어. 겨울엔 저녁이 일찍 몰려오잖아.

칼바람이 부는 정류장에 서서 너랑 같이 버스를 기다리면서 엄마 생각이 났어.

그렇지만 엄마한테 늦을 거라는 전화나 문자를 하지는 않았어. 뿐만 아니라 아예 핸드폰 전원을 꺼 버렸어.

네가 했던 말처럼, 우리 엄마도 나 때문에 마음이 아팠으면 싶었어. 나를 걱정하면서 여기저기 찾아 헤맸으면 했어. 아빠도 함께.

그러다가 둘 사이에 '나'라는 공통분모가 존재한다는 사실을 새삼 깨닫게 된다면, 그래서 이혼 따위 없었던 일이 된다면 그야말로 더할 나위 없이 좋은 일일 테고.

꼬리를 무는 생각들이 소망으로 똘똘 뭉쳐지기 시작했어. 희망을 담아 열심히 생각하면 정말 그렇게 흘러갈 것만 같아서 얼마쯤 두근거리기까지 했지.

문득 네가 물었어.

"근데 너, 내 이름 알아?"

어처구니가 없었어. 나는 한숨을 폭 내쉬고는 대꾸했지.

"영서잖아. 내가 여태 이름도 모르는 애랑 얘길 했을까 봐?"

그러자 너는 웃었어. 방그레, 라는 표현이 꼭 어울릴 웃음이 었어. 웃음과 더불어 하얀 입김이 퍼져 나왔지.

그 순간 이상하게 마음이 저리더라. 애잔하다고 해야 하나. 미안해진다고 해야 하나. 아무튼 그랬던 것 같아.

왜냐하면 나, 네 이름만 알고 있었지, 성은 잘 몰랐거든. 주인지, 조인지, 헷갈려서 그냥 영서라고만 말한 거거든.

"기분 나빠. 도대체 날 어떻게 생각한 거야?"

나는 공연히 투덜거리고 말았어. 도둑이 제 발 저리는 격이 었지 뭐야.

"미안."

웃음 섞어 말하면서 네가 내 팔짱을 꼈어. 누가 보면 우리가 아주 친밀한 사이인 것처럼 여겨졌을 거야.

나는 좀 거북했지만 내색하진 않았어. 그렇다고 뿌리칠 수는 없잖아. 부근에 우리 학교 아이들이 없어서 다행이었어.

"내 이름 한 번도 부른 적 없어서 모르는 줄 알았어."

"몰라서 안 부르는 건 아니야."

"알고는 있지만 이름을 부를 만큼 친하지는 않아서?"

"그건 너도 마찬가지 아니야?"

"이제부터는 불러도 돼?"

이제부터, 라는 너의 말이 무거웠어.

그날 우리가 다른 사람에게는 쉽게 하지 못할 이야기들을 나눈 사이니까, 이제부터는 특별한 친구가 된 거라고 말하는 것처럼 느껴졌거든.

내일부터는 반 아이들 앞에서도 다정하게 내 이름을 부르겠 다는 소리 같아서 난감하기도 했어.

언제부터 쟤랑 친했느냐고, 같이 다니는 친구들이 나한테 호들갑스럽게 캐물어 대겠지. 그럼 난 무척 당황스러울 테지. 마땅히 해 줄 말을 찾지 못한 채로 뺨이 달아오를지도 모르겠지만.

며칠 남지 않은 방학과 졸업을 떠올리며 나는 애써 난처한 마음을 밀어냈어.

"부르라고 있는 이름인데 뭘 그런 걸 일일이 물어봐?"

속내를 숨기며 말하자마자, 네가 내 이름을 불렀어.

"김소란."

나는 그냥 웃기만 했어.

"소란아."

"아, 왜."

"이름을 부를 수 있는 친구가 생겨서 좋아."

"……."

"조금 더 일렀더라면, 여름쯤이었더라면 좋았겠지만, 지금이라도 괜찮아. 언젠가 중학교 때를 떠올리며 따뜻하게 추억할 이름이 하나 생긴 거니까."

담담하고도 깊은 네 목소리가 내 가슴 안에 쌓였어.

나는 너를 돌아보는 대신 길 저편을 바라봤어. 우리 쪽으로 다가오는 버스의 헤드라이트가 뿌옇게 보였어.

버스에서 내려 곧장 도서관으로 갔으면. 그랬으면 그날과 그날의 너를 나도 따뜻한 추억으로 간직할 수 있었을까?

너는 그날 길모퉁이의 편의점 앞에서 잠시 걸음을 멈췄어. 편의점 안을 슬며시 넘겨다보는 너에게 내가 물었지.

"왜? 뭐 살 거 있어?"

너는 고개를 저었어.

"아니, 없어."

야무지게 대답까지 더하고선 돌아선 네가 다시 걸음을 떼어 놓았을 때였어.

"주영서!"

우리 등 뒤에서 네 이름을 정확히 부르는 목소리가 들려왔지.

너는 흠칫 놀라는 듯했어. 나도 당연히 놀랐고. 가만히 서 있던 너보다도 내가 먼저 뒤를 돌아봤을 정도니까. 내 이름도 아닌데 말이야.

편의점 문 앞에 나와 선 그 사람은 편의점 로고가 그려진 조끼를 입고 있었어.

"주영서."

두 번째 부름은 좀 더 나직했어.

그제야 천천히 뒤돌아선 너는 그 남자와 눈길이 부딪치자 아주 조금 웃어 보였어. 수줍어하는 것도 같고 미안해하는 것도 같은 웃음이었지.

"누구야?"

너에게 속삭여 물었어.

네가 대답해 주기 전에 그 남자가 말했어.

"와."

그 한 마디 속에 많은 말들이 담겨 있는 것처럼 들렸어. 그리로 오라는 손짓 같은 것도 없었는데 말이지. 너와 그 남자 사이에 내 눈에는 보이지 않는 투명한 실이 이어져 있는 듯했어.

나는 무작정 너의 팔을 잡아끌었어. 너랑 그 남자 사이가 궁금해졌거든. 너는 못 이기는 척 나를 따라 이끌려 왔고, 우린 곧 그 사람 앞에 나란히 서게 됐어.

"영서 친구?"

그 남자의 물음에 나는 네, 라고 대답했어.

"반갑다. 난 영서 사촌 오빠야."

말은 그렇게 했어도 나를 마구 반가워하는 느낌까진 들지 않았어. 덤덤한 음성이어서 그랬나 봐.

아무튼 난 조금 김이 샜어. 너랑 특별한 관계일 거란 기대가 금세 깨져 버렸잖아.

그렇지만 뭔가 모르게 살짝 들뜨는 기분이 들었던 것도 사실이야. 너의 사촌 오빠가 어지간한 아이돌 못지않은 훈남이어서 그랬을 거야.

나한테 손이라도 내밀었으면 나도 내 소개를 하며 자연스럽게 내 이름을 말해 줄 참이었지만, 너의 사촌 오빠는 그러지 않았지. 아니, 그럴 생각 따윈 없어 보였어. 너한테만 눈길이 가 있었거든.

"밥 먹었어?"

너의 사촌 오빠가 너를 보며 물었고, 가만있는 너를 대신해 답답해진 내가 대답을 가로챘지.

"아니요, 안 먹었어요."

문을 향한 턱짓과 함께 너의 사촌 오빠가 권했어.

"들어가자."

나는 너를 끌다시피 편의점 안으로 들어갔어.

너의 사촌 오빠가 우리한테 컵라면이랑 삼각 김밥을 사 주었어. 컵라면 두 개에다 뜨거운 물을 붓고 면이 익기를 기다리는 동안, 나는 계산대에 서 있는 너의 사촌 오빠를 힐끔힐끔 쳐다봤어.

우리를 안으로 불러들여서 저녁까지 사 주고서도 너의 사촌 오빠는 자기 할 일만 하고 있었어. 손님들이 연이어 드나들어서이기도 했지만, 우릴 편하게 해 주려고 그러는 거라 생각됐어. 무심한 듯 다정한 그 모습이 은근 멋있어 보였지.

"저렇게 다정한 사촌 오빠도 있으면서 괜히 혼자인 척."

시비조로 말을 걸자, 네가 모호한 표정을 지었어. 뭔가 할 말이 있는데 차마 못하겠다는 얼굴 같기도 했어.

"너 모텔에서 지내는 거 사촌 오빠도 알아?"

모를 것 같았어. 당연하잖아. 저런 오빠라면 알면서도 너를 그대로 내버려만 두진 않을 테니까.

"모르는구나. 내가 말해 줄까?"

"아니, 그러지 마."

황급히 내 소맷자락을 붙잡아 일어서려는 나를 주저앉히더니, 네가 조그맣게 덧붙였어.

"사촌 오빠 아니야."

"아니라고? 그럼 뭔데?"

너는 이내 대답하지 못했어.

나는 기분이 별로 좋지 않았어. 내 앞에서 둘이 뭘 하는 건가 싫었지. 사촌 오빠라고 거짓말을 한 건 네가 아닌데, 어째서 너한테 배신감이 드는지 그때의 난 충분히 알지 못했어.

지금 와 생각해 보면 배신감이라기보다는 소외감 쪽에 더 가까웠던 것 같아. 너와 그 남자 사이에 내가 재미없는 부록처럼 끼어 있는 것 같은 느낌.

남자 친구인 거냐고는 묻지 않았어. 확인해 봐야 내 기분만 더 더러워질 것 같았으니까. 난 그냥 나무젓가락으로 컵라면만 뒤적였어.

어쩌면 질투였는지도 모르겠다. 그날의 내 마음.

나하고는 비교도 못할 만큼 불우한 환경에 처해 있는 너. 학교에서는 언제나 뜬구름처럼 혼자인 너. 그런 너한테 남자 친구가 있었다니. 그런 너라서, 저 사람의 마음이 기울었던 걸까?

"미안."

네가 중얼거렸어.

사람의 마음이란 참 이상해. 네가 미안, 이라는 말을 입에 담는 순간, 정말 네가 나한테 큰 잘못이라도 저지른 것처럼 느껴지지 뭐야.

난 너그러운 척 대답했어.

"괜찮아."

거기까지만. 딱 거기까지였으면 정말 괜찮았을 거야. 너의 사촌 오빠, 아니, 너의 남자 친구가 그 웹툰을 보여 주지만 않았더라면.

너를 꼭 닮은 여중생이 주인공인 웹툰의 제목은 '너를 생각해'였어. 그걸 포털 사이트에 연재 중인 사람은 너의 남자 친구였고.

"웹툰 작가세요?"

내가 신기한 듯 묻자, 너의 남자 친구가 미소를 머금었어. 그 멋쩍은 미소마저도 너를 향해 흐르고 있었지.

그때 네 얼굴이 어떤 표정을 그리고 있었는지 넌 모르겠지. 네 뺨이 발그레하게 물들어가는 것을 나만 보진 않았을 거야.

행복해 보였어. 너하고 그 남자. 세상에 둘만 존재하는 것처럼 온전히.

그리고 난 빛나는 주연들 앞에서 하찮은 엑스트라가 되어 버린 기분이었고.

둘이 이루어 낸 멋진 화면을 위해 기쁘게 박수를 쳐 주어야 했을까?

공교롭게도 정서를 뒤흔드는 어떤 순간은 동시다발적으로 닥쳐와. 너도 기억하다시피, 우리 앞에 또 다른 인물이 등장했잖아.

"김소란."

주연의 아우라를 마음껏 뿜으며 나타난 유리가 내 이름을 불렀어. 너나 네 남자 친구는 거들떠도 안 보면서 말이야.

나는 용수철이 튀어 오르듯 일어나 유리에게 뛰어갔어. 유리의 팔을 꼭 끼고는 유리 곁에 샴쌍둥이처럼 서서 너를 바라볼 때, 내 얼굴은 아마 보란 듯이 반짝이는 웃음을 거느리고 있었을 거야.

"쟤, 이름이 뭐더라?"

유리가 물었고, 나는 망설임 없이 대답했지.

"몰라."

그때 네 눈빛이 어땠는지는 말하고 싶지 않아.

다음 날부터 오늘에 이르기까지 학교에서 나를 스쳐 가던 너의 얼굴들에 대해서도.

그날을 하나하나 돌이켜 보며 크리스마스이브에 쓰는 이 글은 너한테 보내는 사과의 편지가 아니거든. 그날의 나를 말끔히 지우기 위해서 되새기는 과정일 뿐.

그러므로 나를 토해 낸 이 긴 글은 조금 있다 태워 버릴 거야. 기억의 저편에다 너를 아주 묻어 버리도록.

태우기 전에, 내게 남아 있던 너를 영원히 지워 버리기 전에, 마지막 인사를 건넬까 해. 너에게 닿지는 못하겠지만.

안녕, 주영서.

메리 크리스마스.

12
월
32
일

서울 ○○동의 한 모텔에서 화재가 발생했습니다. 현재 화재는 거의 진압되었으나, 화재 사실을 모른 채 잠들어 있던 사람들이 많아 인명 피해가 클 것으로 예상됩니다. 사상자들 가운데에는 장기 투숙 중인 중학생도 있는 것으로 알려져⋯⋯.

1

그 뉴스가 텔레비전에 속보로 방송된 것은, 12월 31일 자정을 갓 지난 시점, 그러니까 막 1월 1일로 넘어가려던 순간이었다.

엄마가 쥐고 있던 맥주 캔을 떨어뜨리지 않았더라면, 연아는 무심히 리모컨을 눌러 다른 화면으로 넘어갔을지도 몰랐다.

쏟아진 맥주가 일으킨 거품이 거실 바닥에 뭉글거렸다. 엄마는 이미 사색이 되어 있었다.

"엄마, 왜?"

의아해진 연아의 물음에도 엄마의 시선은 뉴스에만 고정되어 있었다. 두 손은 핏줄이 불거질 만큼 주먹을 꽉 움켜쥔 채였다.

"설마……."

불안한 얼굴로 연주가 중얼거렸는데, 바로 그 순간부터 연아의 심장이 무섭게 뛰어 대기 시작했다.

조용히 일어선 아빠가 방에 들어가더니 코트를 입고 나왔다. 아빠 손에는 차 키가 들려 있었다.

2

밤늦게 비닐하우스를 돌아보고 들어오는 길이었다. 이즈음엔 산에서 내려온 멧돼지들이 자주 출몰했기 때문이었다.

그녀가 들어서자마자 그녀의 남편이 황급히 텔레비전을 껐다.

"왜 그래?"

남편은 그녀의 눈길을 피했을 뿐만 아니라 아무것도 아니라며 얼버무렸다. 말을 얼버무리는 것은 남편의 특성이 아니었다. 그는 되든 안 되든 당당하게 허세부터 부리는 쪽이었다.

뭔가 불길했다.

새해를 맞이하기 전에 찜찜한 부분은 매조지를 하고 넘어가야 한다고 생각했다.

그녀는 남편을 다그쳤다. 남편은 길게 버티진 못했고, 그녀는 곧 경악했다.

3

웹툰을 연재하는 포털 사이트에 〈너를 생각해〉 7화를 업데이트한 직후였다.

배경 음악처럼 켜 놓았던 텔레비전에서 아나운서의 멘트 중한 부분이 진교의 귀로 들어와 꽂혔다.

중학생.

겨울철이면 흔히 일어나는 화재 사고일 수도 있었다. 하지만 모텔과 중학생은 자연스러운 조합일 수 없었다.

진교는 검색을 시작했다. SNS를 뒤지자, 그 모텔 부근에 사는 사람의 글이 재빠르게도 올라와 있었다.

익명의 코멘트에 의하면, 화재가 발생한 모텔의 이름은 파라다이스였다.

쿵. 가슴속에서 무거운 소리가 울려 퍼졌다.

진교는 의자에 걸쳐 둔 패딩을 집어 들고 방을 뛰쳐나왔다.

4

손정애 선생의 집으로 치킨이 배달되어 온 것은 한 해의 마지막 날 자정을 넘어선 시각이었다.

정애는 거실 탁자에다 치킨 상자를 올려 두고 방에 있는 딸을 불렀다. 주문도 제가 해 놓고선 뭘 하고 있는지 방에선 아무런 기척이 없었다.

"치킨 왔어."

대꾸는 없고 방문도 여전히 닫힌 채였다. 정애는 문을 두드리며 다시금 딸의 이름을 불렀다.

"유리야!"

벌컥 방문을 열었다. 침대에 앉아 핸드폰을 움켜쥔 유리가 정애를 물끄러미 바라보았다. 지금껏 본 적 없는 눈빛이었다.

"왜⋯⋯?"

딸에게 묻는 목소리가 떨려 나왔다.

5

그 애일까?

한밤에 뜬금없이 날아든 메시지는 유리가 보낸 것이었다.

누구?

유리는 대답 없이 링크만 하나 보내왔다.

소란은 링크를 클릭했다. 모텔 화재 사고와 관련한 뉴스 기사였다. 꼼꼼히 읽었다. 가슴이 후드득 내려앉았다.

다시 유리의 메시지가 날아들었다.

그 애. 모텔에서 산다고 했잖아.

그날, 유리한테 말했었다. 나쁜 소문이라도 들려주듯이.

설마…… 죽은 건 아니겠지?

소란은 떨리는 손으로 답을 보냈다.

아닐 거야.

영서 그 애도, 죽은 것도, 둘 다 아닐 거라는 바람.

그럼에도 눈물 한 방울이 뚝, 핸드폰 위로 떨어졌다.

세상의 모든 영서들에게

　세 살 때부터 여러 친척들의 보살핌 아래 자랐습니다. 아버지가 돌아가신 뒤, 엄마하고는 떨어져서 살게 되었거든요.

　큰엄마와 큰아버지, 할머니와 할아버지, 둘째 고모와 고모부, 큰고모. 차례로 저를 거두어 주셨던 분들입니다. 삼촌과 숙모, 막내 고모와 고모부도 방학 때마다 데려다가 보살펴 주셨습니다. 그분들 덕분에 세상의 한파에 함부로 내동댕이쳐지지 않을 수 있었을 테지요.

　그럼에도 근원적인 외로움이란 어쩔 수 없었던지 아주 드물게 만났던 엄마를 늘 가슴에 품고서 살아왔습니다. 엄마를 향한 그리움과 미움이 어린 마음속에 동시에 존재했던 셈입니다. 이곳저곳으로 옮겨 다니며 살아야 했을 아이에게는 뿌리가 되어 주지 못한 엄마를 원망하는 마음도 컸을 것입니다.

한참 지나서야 알게 됐습니다. 비록 함께 살지는 못했지만 엄마는 엄마의 방식으로 있는 힘을 다해 저를 지켜 왔다는 사실을 말이에요. 어린 날 가졌던 원망 대신에 지금은 안타까운 애정이 가득합니다. 멀리 있어도 존재 자체로 소중합니다.

이 책 속의 영서는 또 다른 제 모습이 아닐까 싶습니다. 그렇지만 영서의 시점으로 글을 쓰면 몰입이 지나친 나머지 감정 과잉으로 글을 망칠 것 같았던 모양입니다.

어쩌면 세상의 수많은 영서들에게 말해 주고 싶었는지도 모릅니다.

네 주변의 사람들이 모질거나 냉정해서 너를 외면하는 것만은 아니라고. 그들도 그들 나름대로의 처지와 사연과 애환이 있을 거라고.

그러니 너무 많이 상처받지 말기를. 지레 좌절하고 포기해 버리지 말기를.

생각지 못한 어느 순간에 네 손을 잡아 주는 따뜻한 손길이 분명 있으리라고. 살아가다 보면 그런 순간은 반드시 온다고.

네 곁의 누군가가 무심한 걸음을 멈추고 너를 돌아볼 때, 너라는 한 존재를 찬찬히 읽는 그 순간에, 너의 시간에서 외로움은 한 움큼 덜어질 거라고. 네 안의 서러움도 조금은 흐릿해질 거라고. 내일을 꿈꾸며 너는 오늘을 씩씩하게 살아 낼 힘을 얻게 될 거라고.

그래서 영서는 어떻게 되었느냐고요?

해답은 책을 다 읽고 난 순간, 여러분들의 마음 안에서 싹트고 있을 거라 생각합니다.

그리고 저는 이 책의 결말이 결코 비극일 거라고는 생각하지 않습니다. 너무 늦지 않게 달려갔을 사람들의 그 마음이 영서 곁을 지켜 줄 테니까요.

너를 '읽는' 순간이 너를 '잃는' 순간으로 흘러가 버리지 않도록, 더 늦기 전에 여러분 주변의 '너'에게 다정히 손 내밀 수 있기를 바라는 마음입니다.

책이 나오면 조금은 자랑스레 엄마한테 건네곤 하지만, 이 책은 차마 드리지 못할 것 같습니다. 영서에게서 어렸던 시절의 딸을 보며 엄마 마음이 아플 것 같으니까요.

지난 시절 영서였던 어른들을 포함해서 세상의 모든 영서들에게 이 책을 드리고 싶습니다. 꼭 안아 주는 마음으로요.

2020년 봄날에

진 희

진 희

2011년 제19회 MBC창작동화대상에 장편동화가, 제9회 푸른문학상에 단편동화가 각각 당선되어 등단했다. 2015년 제13회 푸른문학상에 단편청소년소설 「사과를 주세요」가 당선되며 청소년소설도 쓰기 시작했다. 지은 책으로 동화 『엄지』, 『나만 그래요?』, 청소년소설 『첫눈이 내려』, 『데이트하자!』, 『너를 읽는 순간』 등이 있다.

푸른도서관

1. 뢰제의 나라 강숙인 지음

교통사고로 가사 상태에 빠진 열두 살 소년이 저승사자의 손에 이끌려 저승인 '뢰제의 나라'
를 여행하면서 벌어지는 모험담을 담은 판타지소설.

★윤석중문학상 수상작 ★동화읽는가족 추천도서

2. 아버지가 없는 나라로 가고 싶다 이규희 지음

아픈 결핍의 가족사를 벗어던지고 마침내 더 너른 세상을 향해 나아가는 소녀를 통해 성장의
의미를 곰곰이 곱씹게 해 주는 가슴 뭉클한 성장소설.

★세종아동문학상 수상작가

3. 까망머리 주디 손연자 지음

좋아하는 남학생에게 외모에 대한 조롱 섞인 말을 듣고, 입양아인 자신이 미국 사회의 이방
인이라는 사실을 깨닫는 사춘기 소녀 주디가 정체성을 찾아가는 이야기.

★책따세 추천도서 ★학교도서관사서협의회 추천도서 ★부산광역시교육청 독서인증제 권장도서

8. 화랑 바도루 강숙인 지음

부모님을 일찍 여읜 바도루가 김충현 장군 밑에서 생활하며 그의 자제인 경천과 함께 피나는
노력과 뜨거운 우정을 나누며 꿈에 그리던 화랑이 되는 이야기를 그린 본격 역사소설.

★동화읽는가족 추천도서

10. 마사코의 질문 손연자 지음

일본인 소녀의 입으로 일본인의 죄를 묻는 이야기. 일제 강점기에 우리 민족이 겪은 온갖 수
난을 생생하고 절실하게 그려 낸 9편의 작품이 실려 있다.

★세종아동문학상 수상작 ★SBS 어린이미디어대상 수상작 ★한우리독서토론논술 필독도서

11. 아, 호동 왕자 강숙인 지음

비극적 사랑의 대명사 호동 왕자와 낙랑 공주, 그들이 정말 사랑하는 사이였는가에 대한 의
문으로 시작된 역사소설. 우리가 알고 있던 이야기를 뒤집어 전혀 새로운 시각을 제시한다.

★한우리독서토론논술 필독도서 ★서울독서교육연구회 추천도서 ★책읽는교육사회실천협의회 추천도서

12. 길 위의 책 강 미 지음

'책'을 통해 자연스럽게 자신의 고민과 방황을 해결하고 상처를 치유해 나가는 여고생들의
이야기를 잔잔하게 그렸다. 청소년들을 위한 성장소설들이 '책 속의 책'으로 가득 담겨 있다.

★제3회 푸른문학상 수상작 ★책따세 추천도서 ★문화체육관광부 우수교양도서

13. 느티는 아프다 이용포 지음

'지금 여기'의 '가장 낮은 곳'을 이야기하는 성장소설. 독자들에게 이웃을 바라보는 시선을 바
꾸고 존재의 소중함을 돌아볼 수 있는 시간을 마련해 준다.

★한국문화예술위원회 우수문학도서 ★평화박물관 선정 청소년 평화책

14. 발끝으로 서다 임정진 지음

베스트셀러 『행복은 성적순이 아니잖아요』의 임정진 작가가 펴낸 청소년소설. 낯선 땅으로 홀로 유학을 떠난 주인공을 통해 조기 유학생활의 어려움과 외로움을 절절하게 그렸다.

★ 책따세 추천도서

15. 마지막 왕자 강숙인 지음

역사의 그늘에 가려져 있던 인물이자 신라의 마지막 왕인 경순왕의 아들 마의태자를 주인공으로 한 역사소설로, 그의 새로운 영웅적 면모를 보여 준다.

★ 〈중앙일보〉 좋은책 100선 선정도서 　★ 어린이도서연구회 청소년 권장도서

16. 초원의 별 강숙인 지음

마의태자를 주인공으로 한 『마지막 왕자』의 후속작. 사라져 버린 나라를 그리워하던 주인공 새부가 광활한 만주 대륙에서 아버지의 꿈을 이루는 과정을 흥미진진하게 그리고 있다.

★ 동화읽는가족 추천도서

18. 쥐를 잡자 임태희 지음

원치 않는 임신을 한 여고생의 이야기로 성에 대해 여전히 취약한 우리 청소년의 현실을 돌아보고 위험성을 인식하게 만든다. 동시에 대책 마련이 시급하다는 사실을 새삼 일깨운다.

★ 제4회 푸른문학상 수상작 　★ 아침독서 청소년 추천도서 　★ 어린이도서연구회 청소년 권장도서

19. 바람의 아이 한석청 지음

우리나라 아동청소년문학 최초로 발해를 소재로 한 장편역사소설. 고구려 멸망 뒤 옛 고구려 지역에 살던 이들의 비참한 삶과 나라를 되찾고자 하는 투쟁을 생생하게 그려 냈다.

★ 한우리독서토론논술 필독도서 　★ 책읽는교육사회실천협의회 추천도서

21. 리남행 비행기 김현화 지음

봉수네 가족이 북한을 탈출해 리남행 비행기에 오르기까지의 여정이 긴장감 있게 그려져 있다. 온갖 역경 속에서도 인간애와 가족애를 잃지 않는 모습이 진한 감동을 선사한다.

★ 제5회 푸른문학상 수상작 　★ 책따세 추천도서 　★ 한국문화예술위원회 우수문학도서

22. 겨울, 블로그 강미 지음

자신만의 길을 찾아가는 청소년들이 종횡무진 활동하는 네 편의 작품을 담았다. 청소년들의 일상을 정확하고 섬세하게 묘사하여 그들이 나아갈 수 있는 길을 오롯이 보여 준다.

★ 문화체육관광부 우수교양도서 　★ 아침독서 청소년 추천도서 　★ 한국출판인회의 선정 이달의 책

23. 네가 하늘이다 이윤희 지음

1894년 동학 농민 운동을 배경으로 새로운 세상을 꿈꾸었지만 결국 이름조차 남기지 못하고 스러져 간 농민군의 이야기를 감동적으로 그려 낸 대하역사소설.

★ 아침독서 청소년 추천도서 　★ 한국어린이문화대상 수상작

24. 벼랑 이금이 지음

원조 교제, 첫 키스, 협박, 폭력…… 거친 현실의 이면에 감춰진 청소년들의 내면을 섬세하게 다루고 있는 이금이 작가의 연작청소년소설.

★ 한국문화예술위원회 우수문학도서 　★ 아침독서 청소년 추천도서 　★ 네이버 북리펀드 선정도서

25. 뚜깐뎐 이용포 지음

서기 2044년, 한국에서 영어 공용화 법안이 통과된 뒤 영어가 일상어로 자리를 잡은 때와 한글이 박해를 받던 연산군 시절을 오가며 현대인들에게 진지한 성찰의 기회를 제공한다.

★ 아침독서 청소년 추천도서 　★ 대한출판문화협회 올해의 청소년도서 　★〈중앙일보〉선정 이달의 책

26. 천년별곡 박윤규 지음

천 년의 시간을 애증과 그리움으로 버틴 주목나무의 이야기를 절제된 감성으로 그린 작품. 시 형식을 차용한 소설인 '시소설'이란 신선한 장르에 애절한 정서를 잘 녹여 냈다.

★ 한우리가 선정한 좋은 책

27. 지귀, 선덕 여왕을 꿈꾸다 강숙인 지음

지귀 설화 속에 숨어 있는 선덕 여왕 이야기를 담은 역사소설. 지귀와 선덕 여왕, 김춘추와 김유신 등 시대의 격랑에 휘말린 이들의 삶과 사랑이 독자들의 가슴속에 파고든다.

★ 책따세 추천도서 　★ 네이버 북리펀드 선정도서 　★ 아침독서 청소년 추천도서

28. 청아 청아 예쁜 청아 강숙인 지음

〈심청전〉을 현대적으로 재해석한 소설. 새로운 시각의 심청과 서해 용왕 그리고 그의 아들을 등장시켜 '보이지 않는 사랑 이야기'를 통해 참다운 사랑의 의미를 되새기게 한다.

★ 한국출판인회의 선정 이달의 책 　★ 중앙독서교육 선정도서

30. 사라지지 않는 노래 배봉기 지음

세계적 미스터리의 하나인 이스터 섬 모아이 석상의 비밀을 소재로 인간의 파괴적 욕망과 그것을 극복했을 때 찾을 수 있는 평화를 보여 준다.

★ 문화체육관광부 우수교양도서 　★ 네이버 북리펀드 선정도서 　★ 국립어린이청소년도서관 추천도서

31. 김홍도, 조선을 그리다 박지숙 지음

김홍도의 그림을 통해 그의 삶을 다룬 연작으로, 작가 특유의 상상력과 깊이 있는 통찰력으로 '인간 김홍도'의 삶을 생생하게 되살려낸 본격 역사소설이다.

★ 문화체육관광부 우수교양도서 　★〈소년조선일보〉추천도서 　★ 아침독서 청소년 추천도서

32. 새가 날아든다 강정규 지음

한국 전쟁을 직접 경험한 세대가 전쟁과 분단과 이산이라는 문제를 다른 시각에서 조명한 작품. 역사의 굴곡을 넘어 당대의 사람들이 더불어 살아가는 이야기를 일곱 편의 소설에 담았다.

★ 아침독서 청소년 추천도서

34. 밤나무정의 기판이 강정님 지음
1950년대를 배경으로 소년 기판이의 각별하고도 애틋한 성장과 모험과 죽음을 다룬 이야기. 작가 특유의 입담과 사투리에 실린 당시의 일상과 풍속이 눈앞에 생생하게 되살아난다.
★한국문화예술위원회 우수문학도서 　★대한출판문화협회 올해의 청소년도서 　★아침독서 청소년 추천도서

35. 스쿠터 걸 이은 지음
질풍노도의 시기인 청소년기의 한복판에 서 있는 열다섯 살 중학생들을 본격적으로 등장시킴으로써 중학생들의 삶을 밀도 있게 그려 낸 청소년소설집.
★한국간행물윤리위원회 우수청소년저작 당선작 　★학교도서관저널 추천도서

36. 우리 반 인터넷 소설가 이금이 지음
거짓이 휘두르는 보이지 않는 폭력에 '진실'이 어떻게 왜곡되고 유배되는지를 청소년들의 생생한 세태 묘사와 치밀한 구성을 바탕으로 보여 준다.
★네이버 북리펀드 선정도서 　★학교도서관저널 추천도서 　★국립어린이청소년도서관 추천도서

37. 열네 살, 비밀과 거짓말 김진영 지음
습관적인 도둑질에 빠져들면서 비밀과 거짓말이 늘어나게 된 평범한 열네 살 소녀 하리가 다시 삶의 진실을 찾아가는 성장소설.
★한국간행물윤리위원회 청소년 권장도서 　★문화체육관광부 우수교양도서

38. 허황옥, 가야를 품다 김정 지음
먼 바다를 건너 가야로 온 인도 아유타국 공주 허황옥의 삶을 조명하면서, 철을 바탕으로 국제 무역의 중심지로 자리했던 가야의 역사를 생생히 전하는 역사소설이다.
★학교도서관저널 추천도서 　★대한출판문화협회 올해의 청소년도서

40. 그래도 괜찮아 안오일 지음
현실의 부정과 좌절에 길항하는 청소년들의 고민을 진정성 있게 담아낸 청소년시집. 청소년들이 지닌 '생기'를 유감없이 보여 주며 긍정과 희망의 메시지를 전한다.
★한국간행물윤리위원회 우수청소년저작 당선작 　★한국문화예술위원회 우수문학도서

42. 조생의 사랑 김현화 지음
조선시대를 배경으로 청년 '조생'이 청나라에 파견되는 연행사로 길을 떠나 사랑과 우정, 정의, 신념 등 삶의 진리를 깨달아가는 과정을 그린 청소년 역사소설.
★서울시교육청 남산도서관 사서 추천도서 　★〈아침햇살〉 선정 좋은 청소년책

43. 아버지, 나의 아버지 최유정 지음
위탁가정에 맡겨진 열여섯 살 연수가 자신의 친아버지를 찾아 떠나는 여정을 통해 진정한 자아 정체성을 확립해 가는 과정을 밀도 있게 그렸다.
★한국문화예술위원회 우수문학도서 　★〈아침햇살〉 선정 좋은 청소년책

44. 타임 가디언 백은영 지음

타임 슬립이라는 장치를 통해 개인과 사회에서 일어나는 현실의 문제들을 조명하는 본격 청소년 SF소설. 시공간을 뛰어넘는 구성과 예측할 수 없는 독특한 상상력을 맛볼 수 있다.

★〈아침햇살〉선정 좋은 청소년책

45. 분청, 꿈을 빚다 신현수 지음

고려 최고의 사기장의 아들인 강뫼가 왜구 침입과 왕조의 변혁 등 극한 시대 상황 속에서 분청사기를 만들기까지의 과정을 흡인력 있게 그린 역사소설.

★대한출판문화협회 올해의 청소년도서   ★아침독서 청소년 추천도서

47. 악어에게 물린 날 이장근 지음

현직 중학교 교사인 시인이 청소년과 함께 호흡하면서 체험한 담백하고 직설적인 언어가 공감을 불러온다. 청소년들 질풍노도가 마음껏 활개 칠 수 있도록 기운을 북돋는 청소년시집.

★책따세 추천도서   ★대한출판문화협회 올해의 청소년도서   ★어린이도서연구회 청소년 권장도서

48. 찢어, Jean 문부일 지음

아르바이트, 집단 따돌림 등 청소년들이 공감할 수 있는 일곱 편의 이야기가 담겼다. 현실에 갇혀 사는 청소년들의 일탈을 유쾌하면서도 진정성 있게 담았다.

★아침독서 청소년 추천도서   ★한국문화예술위원회 우수문학도서

49. 불량한 주스 가게 유하순 외 지음

실수와 시행착오를 반복하다가 돌연 성장의 분기점을 지나는 청소년들의 '오늘'을 포착했다. 좌절과 반성의 언어조차 싱그러운 청소년들을 응원하게 만드는 네 편의 단편소설 모음.

★제9회 푸른문학상 수상작   ★아침독서 청소년 추천도서   ★네이버 북리펀드 선정도서

50. 신기루 이금이 지음

엄마와 엄마 친구들과 함께 몽골 사막 여행을 떠난 열다섯 다인이가 보낸 6일간의 여정을 통해 또 다른 생명의 고리로 순환되는 모녀 관계에 대한 고찰을 여행기 형식으로 그렸다.

★네이버 북리펀드 선정도서   ★서울시립어린이도서관 추천도서   ★아침독서 청소년 추천도서

51. 우리들의 매미 같은 여름 한 결 지음

섭식장애를 앓고 있는 모녀, 성추행, 보이콧 등 청소년들이 겪는 지독하게 뜨겁고 아픈 이야기가 담겨 있다. 청소년들이 자신 그리고 세상과 화해하는 여정을 솔직담백하게 그렸다.

★한국문화예술위원회 우수문학도서   ★네이버 북리펀드 선정도서

52. 모래시계가 된 위안부 할머니 이규희 지음

일본군 위안부로 끌려가 꽃다운 처녀 시절을 유린당한 황금주 할머니의 실제 이야기를 김은비라는 소녀의 이야기와 엮어 액자 형식으로 쓴 소설로, 일본어로도 번역 출간되었다.

★국제펜문학상 수상작   ★학교도서관저널 추천도서   ★경기도교육청 추천도서

53. 까레이스키, 끝없는 방랑 문영숙 지음

소련의 강제 이주 정책으로 시베리아 횡단 열차를 탔던 17만여 명의 까레이스키들의 고난과 역경, 도전과 설움을 절절하게 그린 역사소설이다.

★ 한국문화예술위원회 우수문학도서 ★ 아침독서 청소년 추천도서 ★ 한우리가 선정한 좋은 책

54. 나는 랄라랜드로 간다 김영리 지음

기면증을 앓는 소년과 그의 가족이 게스트하우스를 사수하기 위해 펼치는 소동을 재기 발랄하게 그렸다. 절망 속에서도 웃으며 싸울 줄 아는 청춘의 싱그러운 맨얼굴이 돋보인다.

★ 제10회 푸른문학상 수상작 ★ 아침독서 청소년 추천도서 ★ 한국문화예술위원회 우수문학도서

56. 눈썹 천주하 지음

암에 걸려 1년 4개월 동안 치료를 받던 열일곱 살 소녀가 일상으로 돌아온 뒤의 이야기를 담고 있다. 가족과 친구, 일상이 얼마나 가치 있는 것인지를 새삼 깨우쳐 준다.

★ 국립어린이청소년도서관 사서 추천도서 ★ 한국문화예술위원회 우수문학도서 ★ 아침독서 추천도서

57. 나는 지금 꽃이다 이장근 지음

청소년들의 삶을 제대로 들여다보고 마음을 헤아리는 시 창작 과정을 통해 나온 본격적인 청소년을 위한 시로, 삶이 점점 피폐해지고 있는 청소년들의 마음을 어루만져 준다.

★ 문화체육관광부 우수교양도서 ★ 어린이도서연구회 청소년 권장도서 ★ 학교도서관저널 추천도서

58. 우리들의 사춘기 김인해 지음

겉으로 잘 드러나지 않는 소년들의 감성을 날카롭게 포착하여 진솔하고 강렬하게 그려낸 '소년들을 위한' 소설집. 표제작을 비롯한 여섯 편의 단편청소년소설을 담고 있다.

★ 국립어린이청소년도서관 사서 추천도서 ★ 한국문화예술위원회 우수문학도서

59. 여우 소녀 미랑 김자환 지음

조선시대 임진왜란 발발 즈음의 여수 지방을 배경으로, 구미호에게 아버지를 잃은 묘남과 구미호의 딸 여우 소녀 미랑의 애틋한 사랑 이야기를 담고 있다.

★ 새벗문학상 수상작가

60. 얼음이 빛나는 순간 이금이 지음

아이와 어른의 경계에서 몸살을 앓던 두 소년이 5년 뒤 전혀 다른 풍경을 띠게 된 각자의 삶을 응시한다. 우연으로 시작해 선택으로 이루어지는 인생의 내밀한 진실을 담았다.

★ 윤석중문학상 수상작가 ★ 학교도서관저널 추천도서

61. 택배 왔습니다 심은경 지음

질풍노도를 겪는 청소년과 그의 가족, 친구, 사회의 풍경을 그린 여섯 편의 단편청소년소설. 건강하게 자립하고 따뜻하게 소통할 줄 아는 인물들의 모습에서 희망을 엿볼 수 있다.

★ 한국문화예술위원회 우수문학도서 ★ 학교도서관저널 추천도서 ★ 아침독서 청소년 추천도서

63. 나에게 속삭여 봐 강숙인 지음

어느 날 갑자기 죽음을 맞이한 열일곱 살 소년 서준과 혼령의 기를 느끼는 소녀 아리 그리고 서준의 쌍둥이 여동생 유주가 각자의 방법으로 성장해 나가는 청소년 판타지소설.

★윤석중문학상 수상작가　★학교도서관저널 추천도서

64. 아버지의 알통 박형권 지음

촌스러운 아빠와 바닷가 마을에 살게 되면서 정직하게 일하는 사람들을 만나며 한층 성장해 가는 주인공의 이야기가 유쾌한 감동을 선사한다.

★한국안데르센상 수상작가

65. 나는 나다 안오일 지음

청소년들에게 자신의 꿈이 무엇인지 알게 해 주어 스스로 자신의 삶에 당당하게 맞서는 모습을 보고 싶다는 작가의 바람을 담은 청소년시 57편이 실려 있다.

★제8회 푸른문학상 수상작가

66. 순희네 집 유순희 지음

순희네 집에 얽힌 가슴 아프지만 따뜻한 이야기와 성장통을 겪는 순희의 모습을 작가 특유의 섬세한 문장 안에 담아낸 자전적 소설이다.

★제14회 MBC 창작동화대상 수상작　★제8회 푸른문학상 수상작가　★한국출판문화산업진흥원 선정 세종도서

67. 첫 키스는 엘프와 최영희 지음

제11회 푸른문학상 수상작가의 첫 청소년소설집으로, 미래에 대한 압박감에 갇혀 십 대 시절을 보내는 오늘의 청소년들에게 부치는 편지 같은 소설 여섯 편을 묶었다.

★제11회 푸른문학상 수상작가　★아침독서 청소년 추천도서　★어린이도서연구회 청소년 권장도서

71. 우리는 가족일까 유니게 지음

5년 만에 엄마의 부고와 함께 미국에서 돌아온 동생으로 인해 방황하는 열일곱 살 소녀의 성장기를 그렸다. 고통스러운 시간을 함께 이겨 내는 가족의 소중함을 다시금 일깨워 준다.

★한국출판문화산업진흥원 선정 세종도서　★서울시교육청 어린이도서관 청소년 권장도서

73. 신라 공주 파라랑 김정 지음

고대 페르시아 서사시 「쿠쉬나메」의 시공간을 배경으로 한 역사소설. 낯선 이국 땅 페르시아로 건너가 사랑으로 고난을 극복하는 신라 공주 파라랑의 삶은 희망이라는 인간 본연의 메시지를 전한다.

★제1회 푸른문학상 수상작가　★학교도서관저널 추천도서

74. 옥상에서 10분만 조규미 지음

제10회 푸른문학상 수상작가의 첫 청소년소설집으로, 관계 속에서 사소한 말이나 장난이 큰 사건이 되어 돌아왔을 때 겪게 되는 고민과 갈등을 섬세하게 다룬 소설 다섯 편을 묶었다.

★제10회 푸른문학상 수상작가　★아침독서 청소년 추천도서　★학교도서관사서협의회 추천도서

75. 별에서 별까지 신형건 지음

지난 30여 년간 아이들과 어른들 모두에게 사랑받는 동시를 써 온 시인의 작품 중 특별히 청소년들에게 공감을 살 만한 시들을 골라 엮었다. 자극적이지 않은 언어로 마음을 어루만지는 청소년시집.

★대한민국문학상 수상작가 ★한국출판문화산업진흥원 청소년 권장도서

76. 뱅뱅 김선경 지음

어른들은 몰라서 더 재미있는 진짜 우리 이야기, 지금 청소년들의 속마음을 거침없이 그려 낸 개성 강한 청소년시집. 긴 방황의 끝에서 진정한 자신을 찾기를 바라는 시인의 바람이 담겼다.

★어린이도서연구회 청소년 권장도서 ★아침독서 청소년 추천도서 ★학교도서관사서협의회 추천도서

77. 우리들의 실연 상담실 이수종 지음

실연 극복 프로젝트에 참가하는 다섯 명의 아이들이 서로를 보듬으며 사랑의 아픔을 극복하는 과정을 담았다. 청소년들의 마음결을 다독이는 위로의 목소리는 다시 사랑할 에너지를 불어넣는다.

★제12회 푸른문학상 수상작가 ★학교도서관사서협의회 추천도서

78. 연애 세포 핵분열 중 김은재 지음

꽃보다 아름다운 열일곱 살 청춘들이 진정한 사랑을 찾기 위해 나섰다. 아름다운 사랑을 꿈꾸지만, 사랑에 서툴러 좌충우돌, 고군분투하는 청소년들의 성장을 그린 여섯 편의 청소년소설을 한데 엮었다.

★제13회 푸른문학상 수상작가 ★학교도서관저널 추천도서 ★아침독서 청소년 추천도서

79. 데이트하자! 진 희 지음

옴니버스 형식으로 구성된 다섯 편의 단편으로 이야기의 구조적 완결성과 섬세한 심리 묘사가 뛰어나다. 청소년 특유의 발랄한 일상과 그 안에 깃든 고민, 성장통을 따뜻한 시선으로 담아냈다.

★제13회 푸른문학상 수상작가 ★학교도서관저널 추천도서 ★울산남부도서관 올해의 책

80. 세 번의 키스 유순희 지음

현대 미디어의 중심이 된 '아이돌'과 그들의 일거수일투족을 놓치지 않으려는 '사생팬'의 심리를 날카롭게 포착했다. 언제든 다시 출발선에 설 수 있는 청춘의 무한한 가능성을 깨닫게 한다.

★제8회 푸른문학상 수상작가 ★국어 교과서 수록작가

81. 파란 담요 김정미 지음

「스키니진 길들이기」로 제12회 푸른문학상 '새로운 작가상'을 수상하며 깊은 인상을 남겼던 김정미 작가의 첫 청소년소설집. 청소년들의 다양한 고민들을 폭넓게 아우른 여섯 편의 소설이 그들의 상처입은 마음을 따스하게 위로한다.

★한국문화예술위원회 문학나눔 선정도서 ★학교도서관저널 추천도서 ★학교도서관사서협의회 추천도서

82. 그 애를 만나다 유니게 지음

완벽하다고 믿었던 일상이 한순간에 무너진 순간, '그 애'가 나타난다. 그 애와 함께하는 동안 자신이 진정으로 바라는 모습이 무엇인지 고민하며, 절망을 희망으로 바꾸어 나가는 주인공의 성장기가 진한 감동을 선사한다.

★아침독서 청소년 추천도서 ★학교도서관저널 추천도서 ★학교도서관사서협의회 추천도서

83. 너를 읽는 순간 진희지음

바쁜 현대의 삶 속에서 따뜻하게 보살핌받지 못하는 우리 청소년들의 아픔과 외로움을 고스란히 담았다. 주인공 '영서'를 향한 다섯 인물들의 연민과 동정, 질투나 죄책감 같은 본연의 감정들이 엇갈리듯 그려진다.

★한국문화예술위원회 문학나눔 선정도서　★대한출판문화협회 해외전파사업 선정도서

84. 기린이 사는 골목 김현화지음

타인의 고통에 둔감한 현대인들의 마음속 순수의 세계를 밝혀 줄 이야기. 아픔과 슬픔을 공유하고 건강한 성장통을 앓는 열다섯 살 선웅, 은형, 기수의 가슴 따뜻한 이야기가 펼쳐진다.

★제5회 푸른문학상 수상작가

*〈푸른도서관〉 시리즈는 계속 나옵니다!

푸른도서관 83

너를 읽는 순간

초판 1쇄 / 2020년 4월 5일
초판 4쇄 / 2022년 12월 30일

지은이 / 진 희
펴낸이 / 신형건
펴낸곳 / (주)푸른책들
등록 / 제321-2008-00155호
주소 / 서울특별시 서초구 양재천로7길 16 푸르니빌딩 (우)06754
전화 / 02-581-0334~5 팩스 / 02-582-0648
이메일 / prooni@prooni.com 홈페이지 / www.prooni.com
인스타그램 / @proonibook 블로그 / blog.naver.com/proonibook

글 ⓒ 진 희, 2020

ISBN 978-89-5798-651-6 03810

이 도서의 국립중앙도서관 출판시도서목록(CIP)은 서지정보유통지원시스템 홈페이지(http://seoji.nl.go.kr)와
국가자료공동목록시스템(http://www.nl.go.kr/kolisnet)에서 이용하실 수 있습니다.
(CIP제어번호: CIP2020000619)